# Die Dämmerung des Sicarios

## DIE LETZTE SCHLACHT

VESTA ROMERO

# Kapitel 1

Colda war endlich wieder in der Stadt zurück und wir konnten mit unseren Plänen fortfahren.

Es hatte eine ganze Weile gedauert, um herauszufinden, wo er wohnte.

Es war nicht ungewöhnlich, dass er in Hotels abstieg, obwohl er ein Haus in der Stadt besaß.

Unseren Beobachtungen zufolge schien er es vorzuziehen, seine minderjährigen Mädchen und Nutten außerhalb seiner Wohnung zu unterhalten.

Nach einiger Zeit bemerkten wir jedoch ein Muster. Es gab bestimmte Tage im Monat, die er ausschließlich zu Hause verbrachte.

Als ausgebildete Architektin war Ramona schon immer von den verschiedenen Designs und Strukturen von Gebäuden fasziniert gewesen.

Im Studium hatte sie viel Zeit damit verbracht, im Rahmen von Praktika und Schulaufgaben verschiedene Gebäude zu entwerfen und zu bauen, von hoch aufragenden Wolkenkratzern bis hin zu einfachen Häusern.

Heute befand sie sich jedoch in einer eher ungewöhnlichen Situation.

Sie war nicht wegen ihrer Arbeit im Rathaus. Stattdessen war sie dort, um die Pläne für das riesige Haus von Colda Crater zu stehlen.

Ramona war nervös, was durchaus verständlich war. Wenn man sie erwischte, würde sie eine Menge erklären müssen und vielleicht sogar ihren Job verlieren.

Das würde alles gefährden, denn sie brauchten das Geld, um ihre Mission zu finanzieren.

Um an Colda heranzukommen, mussten sie die präzise Lage kennen, denn sie hatten beschlossen, dass sie ihn, genau wie Vance, am besten in seinem eigenen Haus erwischen konnten.

Deshalb war es so wichtig, dass die Beiden jeden Winkel auswendig kannten. Da war sein schwächster Punkt und der Ort, an dem er am wenigsten damit rechnete, angegriffen zu werden.

Ihn irgendwo anders zu neutralisieren war unmöglich, da er mit einer gewaltigen Armee unterwegs war. Eine viel kleinere Truppe arbeitete über Nacht in seiner Villa.

Ramona betrat das Rathaus, das ihr ja bereits vertraut war und ging direkt zur Abteilung für Baugenehmigungen.

Sie wurde von einem freundlichen Beamten begrüßt, der sie nach einigem Smalltalk fragte, was sie brauche. Er schätzte offensichtlich Ramonas heißes Aussehen und zeigte ihr das auch entsprechend.

„Ich brauche nur ein paar Pläne für ein Gebäude", erklärte sie dem gelangweilten Sachbearbeiter.

Der Angestellte schaute Ramona einen Moment lang verwundert an, bevor er antwortete.

„Tut mir leid, Miss, ich kann Ihnen nicht einfach die Pläne für ein fremdes Gebäude geben, wenn Sie nicht die Erlaubnis dazu haben."

„Ich verstehe", erwiderte Ramona und versuchte dabei, ruhig zu bleiben.

„Ich hätte Ihnen sagen sollen, dass ich Architektin bin, eine neue Architektin, und dass ich auf der Suche nach Inspiration bin, weil der Besitzer ein exaktes Duplikat des Hauses haben will, das meine Firma gebaut hat."

Der Beamte sah Ramona einen Moment lang an, bevor er nickte. „Okay, ich glaube Ihnen. Aber Sie müssen mir ein paar Formulare ausfüllen und eine kleine Gebühr zahlen, bevor ich Zugang zu den Plänen geben kann."

Ramona lächelte und zeigte ihren Führerschein vor, woraufhin der Angestellte pflichtbewusst ihre Daten notierte und sie die Gebühr bezahlte.

Seine Arbeit langweilte den Mann und die langweiligen Details ihrer Arbeit interessierten ihn auch nicht weiter.

Klar, zuerst lenkte Ramona ab, aber bereits jetzt langweilte sie ihn, weil sie anscheinend eine von diesen pflichtbewussten Streberinnen war.

All diese Pläne und dicken Papiere bedeuteten ihm einen Scheißdreck, und nichts langweilte ihn mehr, als wenn solche Nerds darüber redeten.

Dieses hübsche Mädchen, dachte er, sollte stattdessen einen schönen Job haben, zum Beispiel als Flugbegleiterin oder ähnliches. Was für eine Verschwendung, dachte er...

Dann wies er ihr den Weg zum richtigen Bereich, wo sie auf die digitalen Akten zugreifen konnte (ein Hoch auf die Technik) und widmete sich wieder seiner Zeitschrift.

Ramona hatte bemerkt, dass es nur das Cover eines

Pornomagazins war, weil sie eine nackte Frau sah, die verführerisch auf dem Kopf posierte, bevor er ihre Anwesenheit bemerkt hatte.

Sie erlaubte sich also ein kokettes Lächeln. Der Kerl würde sich wahrscheinlich eh nicht an sie erinnern.

Ramona wusste aber auch, dass es für alle Gewerbe- und Wohngebäude Baugenehmigungsunterlagen gab.

Für Baupläne brauchte man jedoch die Genehmigung des Eigentümers und einen zugelassenen Architekten oder Ingenieur, der in den Unterlagen eingetragen war.

Da sie nichts von beiden hatte, durchsuchte sie die Akten ihrer Firma, bis sie ein Haus in der Nähe von Coldas fand, das von ihnen entworfen worden war. Das war es schließlich, was sie anforderte.

Am Computer suchte und fand sie die Adresse des richtigen Hauses und nahm sich einige Minuten Zeit, um ihren Auftrag seriös wirken zu lassen.

Dann rief sie schnell die Pläne für Coldas Haus auf. Lässig und unauffällig holte sie ihr Handy aus der Tasche, um nicht beobachtet zu werden.

Schnell fertigte Ramona Fotos von jeder Seite an, bis sie sicher war, dass sie alles beisammen hatte, bevor sie sich wieder dem ursprünglichen Haus zuwandte.

Insgesamt war sie mehr als eine Stunde dort und schaute sich auch noch ein paar weitere Hauspläne an, um ihre Spuren zu verwischen.

Ramona bedankte sich schließlich auf dem Weg nach draußen artig bei dem Angestellten, der sie aber nur mit einem Brummen zur Kenntnis nahm, als sie zur Tür hinausging.

Wieder zu Hause angekommen, sahen sie und Rafael sich die Pläne genau an, nachdem sie sie ausgedruckt hatte.

Dabei war sie von der Bauweise des Gebäudes durchaus beeindruckt. Es war offensichtlich, dass es sowohl funktional als auch ästhetisch ansprechend war.

Als Rafael die Pläne genauer untersuchte, bemerkte er etwas Seltsames, das ihm aber nicht gänzlich unbekannt war...

Während ihrer Zeit beim Militär hatten sie in verschiedenen Ländern Razzien gegen korrupte Regierungsbeamte durchgeführt.

Ein Teil ihrer Missionen bestand darin, die Lage der Häuser zu erkunden, zu denen oft auch sichere Räume wie dieser gehörten.

Auf den Plänen war ein geheimer Raum eingezeichnet, der sich hinter einer falschen Wand neben dem Hauptbüro befand.

Das war eine wichtige Information, denn sie würden Coldas nächtliche Gewohnheiten schon bald genau kennen müssen.

Der Angriff musste erfolgen, nachdem er zu Bett gegangen war, denn wenn er die Chance hatte, den sicheren Rückzugsraum zu betreten, wäre die Mission gescheitert.

Der Rest des Hauses erschien ganz normal, wenn auch mit einer unglaublichen Anzahl von Zimmern bestückt.

Das Hauptschlafzimmer befand sich im ersten Stock und war riesig. Rafael fand es merkwürdig, dass es neben dem Hauptschlafzimmer keinen zweiten sogenannten Panic Room gab.

„Ich hätte einen eingebaut, wenn es nach mir ginge", meinte Rafa, während er auf die Papiere schlug.

„Vielleicht fühlt er sich sicher genug, um keinen weiteren zu brauchen…"

„Dann wären seine besten Wachen wahrscheinlich in der Nähe!" Ein besorgtes Stirnrunzeln bildete sich auf Rafas Gesicht, aber er sprach seine Sorge nicht allzu laut aus.

Zu Colda zu gelangen, war etwas ganz anderes als bei Vance und außerdem hatte er hier den Heimvorteil, da es sein Zuhause war.

Ramona bemerkte Rafas Blick und drückte seinen Arm. „Wir werden bereit sein, wenn es soweit ist.", sagte sie mit einem zaghaften Lächeln.

Dass Rafa so besorgt war, erfüllte Ramonas Herz, aber sie glaubte trotz allem an seine und ihre Ausbildung.

Sie würde niemals mehr mit sich selbst leben können, wenn sie nicht versuchen würde, diesen Abschaum auszuschalten.

Jetzt, da sie die Pläne kannten, konnten sie sich darauf konzentrieren, wie man am besten einbrechen konnte.

# Kapitel 2

Monatelang hatte ich mich ausführlich über die israelische Armee und ihre Nahkampftechniken schlau gemacht.

Coldas zwei Top-Leibwächter waren ehemalige Soldaten der israelischen Armee, und ich wusste, dass sie unsere härtesten Herausforderer werden würden.

Da ich von ihnen gehört hatte und wusste, dass sie mit zu den härtesten, wenn nicht sogar zu den allerhärtesten Soldaten der Welt gehören, überraschte es mich nicht, dass sie Colda auch am nächsten standen.

Es gab jedoch eine Aufgabe zu erfüllen, und die lautete, sie auszuschalten.

Um mich vorzubereiten, musste ich die Taktiken der Israelis aus erster Hand kennen.

Durch Manny, den Besitzer des Fitnessstudios, lernte ich Moshe kennen, einen ehemaligen Soldaten, der vor Jahren das Militär verlassen und ein Kampfsport-Dojo in der Stadt eröffnet hatte.

Moshe nahm selten Leute auf, die er noch nie zuvor

gesehen hatte, also ging ich mit Manny mit, um mich vorzustellen und sicherzugehen, dass er wusste, wer ich war. Moshe stimmte zu, mich als neues Mitglied aufzunehmen.

„Denk daran", sagte Moshe bei diesem ersten Treffen zu mir, „ich kann dir zwar Krav Maga beibringen, aber du musst selbst lernen, es in verschiedenen Situationen richtig anzuwenden.

Es geht darum zu lernen, wie du dich und andere in realen Situationen verteidigen kannst."

In den nächsten Wochen trainierte Rafael mit Moshe und ging jeden Tag bis an seine Grenzen. Er lernte, wie man einen Gegner mit seinem Messer entwaffnet, wie man einen Schlag abwehrt und wie man seine Umgebung zu seinem Vorteil nutzen kann.

Er lernte auch, sich seiner Umgebung besser bewusst zu sein und mit den Bewegungen seines Gegners zu rechnen.

Seine militärischen Geschicke waren ja bereits gut geölt, aber er musste sich dennoch an einige entscheidende Unterschiede gewöhnen.

Neben dem Training verbrachte er unzählige Stunden damit, israelisches Krav Maga und andere Kampfsporttechniken auf Video zu studieren.

Als er eines Tages ziellos durch die Videos scrollte, bemerkte er, dass einer von Coldas Leibwächtern in einem der vorgeschlagenen Videos zu sehen war.

Rafael spürte dabei, wie sich ein Knoten in seiner Magengrube bildete, nachdem er ihn in Aktion gesehen hatte.

Rafa wurde nun klar, dass er sein Training auf ein höheres Niveau katapultieren musste, um eine Chance zu haben, diesen Killer zu überwältigen.

Er äußerte seine Zweifel gegenüber Moshe, der die Entschlossenheit in seinen Augen sehen konnte und nickte.

„Wir werden härter arbeiten müssen", hatte Moshe ihm gesagt. „Du wirst neue Techniken lernen, mit denen du selbst den geschicktesten Gegner besiegen kannst." Rafa konnte nur hoffen, dass Moshe Recht behalten würde...

Rafael steigerte seine Trainingsintensität und arbeitete jetzt noch härter als je zuvor. Nach stundenlangem Training taten ihm die Muskeln weh und auch sein mentaler Zustand war wie betäubt.

Dann ging er nach Hause und brachte Ramona trotz allem die Bewegungen bei. Er durfte sie keinesfalls enttäuschen.

Unter normalen Umständen hätte Ramona auch selbst direkt am Training teilgenommen.

Die Beiden hatten jedoch beschlossen, dass er zuerst lernen und dann derjenige sein würde, der sie unterrichtet.

Wenn beide gleichzeitig lernten, hätte das Fragen aufgeworfen, auf die sie keine Antwort hatten. Rafa musste die Tarnung eines Ex-Militärs aufrechterhalten, der ein Leibwächter-Business starten wollte.

Und Ramona war fest entschlossen, sich so viel Wissen und Können wie möglich in Krav Maga anzueignen, denn sie wusste, dass es den Unterschied zwischen Leben und Tod bedeuten konnte.

Sie hoffte trotzdem, dass sie diesen Typen nie selbst treffen würde.

Gemeinsam verbrachten sie jede freie Minute damit, Ramonas Fähigkeiten zu trainieren. Sie nahmen sich auch Zeit, Ramonas Vater und Lilly zu besuchen.

Das Kind hatte sich seit ihrem Einzug bei „Opa", wie sie ihn liebevoll nannte, sehr gut eingelebt.

Wenn sie mit Lilly sprach, achtete das kleine Mädchen darauf, sie über ihren Tagesablauf auf dem Laufenden zu halten.

Trotz ihres Altersunterschieds teilten sie und er viele Interessen. Eine ihrer Lieblingsbeschäftigungen war die Gartenarbeit im Gemeinschaftsgarten, in dem es viele Blumen und Gemüse gab.

Sie verbrachten Stunden damit, sich um die Pflanzen zu kümmern, Unkraut zu jäten, zu gießen und zu düngen. Opa brachte Lilly die verschiedenen Pflanzen und deren Pflege bei. Oft saßen sie zusammen im Garten und genossen die Ruhe und die stille Natur.

Die ganze Nachbarschaft kannte und akzeptierte Lilly nun schnell als eine der ihren. Rafael war sich dennoch bewusst, wie sehr sie ihre Mutter vermisste und war dankbar, dass sie Ramona als emotionale Unterstützung hatte.

Eine weitere Leidenschaft, die Lily und Opa teilten, war das Kochen. Er war ein hervorragender Koch und zauberte oft köstliche Mahlzeiten für sie auf den Tisch. Lilly liebte es, ihm beim Schneiden von Gemüse und Umrühren in Töpfen zu helfen.

Sie redeten und lachten beim Kochen und schufen Erinnerungen, die ein Leben lang halten sollten. All das weckte bei Lilly schöne Erinnerungen an ihre Mutter.

Opa versicherte ihr, dass ihre Mutter auch jetzt noch über sie wachte und stolz auf sie war.

Abends saßen sie zusammen und schauten Filme, nachdem Lilly ihre Hausaufgaben gemacht hatte.

Opa liebte klassische Filme und er stellte Lilly natürlich

auch seine Lieblingsfilme vor. Sie kuschelten sich mit einer Schüssel Popcorn auf die Couch und tauchten in die Welt des Kinos ein. Ramona hatte als Kind ähnliches erlebt, wie Lilly jetzt.

Ramonas Vater erzählte auch ihr einst gerne Geschichten über seine eigene Kindheit. Er erzählte von seinen Abenteuern und Missgeschicken, und Lilly hing an jedem Wort, ganz wie Ramona früher. Sie liebte es, zu hören, wie das Leben einstmals gewesen war, und sie hatte das Gefühl, so einen Blick in eine andere Welt werfen zu können.

Ihre Bindung war schnell sehr stark und sie waren immer füreinander da. Wann immer Lilly traurig war, nahm er sie in den Arm und sagte ihr, dass alles gut werden würde.

Und wenn das umgekehrt der Fall war, munterte Lilly ihn mit einem dummen Witz, einer lustigen Grimasse oder einer kleinen Geschichte auf.

Lilly wusste selbst, dass sie sich glücklich schätzen konnte, eine so enge Beziehung zu ihrem neuen „Opa" zu haben. Er war mehr als nur ein Ersatzgroßvater für sie, er wurde auch ihr Freund und Vertrauter.

Ihre Bindung war unerschütterlich, und Rafael wusste, dass er sich glücklich schätzen konnte.

Es wäre verdammt schwer gewesen, sich allein um Lilly kümmern zu müssen. Manches nur aus zweiter Hand zu hören, machte ihn mitunter traurig und er wünschte sich oft, er hätte öfter dabei sein dürfen.

*Schon bald, nach Abschluss der Mission, so hatten sich Rafa und Ramona geschworen, wollten sie sich daran machen, ihr Leben zu ändern..*

# Kapitel 3

Niemand brauchte mir erst zu sagen, dass mein Nebenjob gefährlich war. In meinem regulären Job musste ich jedoch verschiedene Rollen einnehmen.

Meine Hauptaufgaben waren vielfältig: Meetings mit Kunden, Recherchen, Erstellen von Konzepten, Entwerfen von Plänen und Spezifikationen sowie die Leitung der Bauarbeiten - eine beeindruckende Leistung für eine frischgebackene Hochschulabsolventin.

Der Job war sowohl herausfordernd als auch lohnend, und das Tempo war ziemlich heftig. Ich liebte es, meine technischen Fähigkeiten und meine Kreativität einzusetzen.

In der Uni mussten wir uns Dinge bloß vorstellen, im Gegensatz zum Beruf, wo wir unsere Vorstellungskraft in ganz reale Projekte einbringen konnten.

Ich hatte im Junior-Architektenbereich der Firma angefangen und in kurzer Zeit viel dazugelernt.

Ein Seniorpartner interessierte sich schließlich für meine Arbeit und kam oft vorbei, um sich über meine Fortschritte zu informieren. Rainn war ein strenger und mürrischer Mensch, der sonst selten mit uns sprach.

Eines Tages rief er mich in sein Büro. Ich war zu Tode erschrocken, denn ich dachte schon, er würde mich für etwas tadeln, das ich falsch gemacht hatte.

*Ein Fehler in einer Berechnung vielleicht? Das könnte bereits eine Katastrophe sein...*

Normalerweise überließen sie uns Jüngeren die Routinearbeit, also die unangenehmen Aufgaben, die die Älteren für unter ihrer Würde hielten.

An diesem Punkt übermannten mich meine Nerven und meine Kollegen warfen mir mitleidige Blicke zu, als wäre ich ein Lamm, das zur Schlachtbank geführt wird.

Anstatt mich jedoch zu entmutigen, hielt er mir eine Motivationsrede, in der er meine Fähigkeiten hervorhob und mir sagte, ich solle weiter hart arbeiten. Ich schloss daraus, dass seine vorherige Wortkargheit positiv zu werten war, und war glücklich.

Er gab mir einen Einblick in seine eigene Karriere, erzählte mir Anekdoten und auch die wertvollen Lektionen, die er durch seine Erfahrungen gelernt hatte.

Bloß zu sagen, dass er mich überrascht hätte, wäre eine Untertreibung gewesen. Nachdem ich mich wieder gefangen hatte, drückte ich ihm meine aufrichtige Dankbarkeit aus.

Er nahm mich unter seine Fittiche und übertrug mir in der Folge immer mehr Verantwortung.

Es war nicht ungewöhnlich, dass er mich zu Besprechungen mit Kunden und Auftragnehmern einlud und mich manchmal sogar um meine Meinung bat.

Meine Kollegen wurden neidisch, aber das spornte sie an, selbst noch härter zu arbeiten.

Der reifere Mann wurde nun zu meinem Mentor. Ich war dankbar und arbeitete hart, um seine Erwartungen zu erfüllen. Mein Selbstvertrauen wuchs stetig und die Qualität meiner Arbeit auch.

In letzter Zeit hatte er mir etwas mehr Spielraum eingeräumt, da sein Vertrauen in mich ebenfalls wuchs und ich wusste das zu schätzen.

Ich hatte nun aber von Anfang an akzeptiert, dass mein Leben als Sicario enden würde, entweder auf gute oder schlechte Weise...

Sollte ich am Leben bleiben, wollte ich diesen fantastischen Job als Notfallplan behalten. Mein Ziel war es immer gewesen, selbst ein Bauwerk zu schaffen, das die Zeit überdauert und ein bleibendes Denkmal darstellt.

In den letzten Monaten hatte ich meinen gefährlichen Nachtjob mit meinem Beruf unter einen Hut gebracht und zu meinem Bedauern Lilly und meinen Vater vernachlässigt.

Ich fühlte mich schuldig, weil sie etwas Besseres verdient hatten. Manchmal bemerkte mein Vater, dass ich müde oder lustlos aussah, wenn ich vorbeikam und drängte mich, mich ihm anzuvertrauen.

Das konnte ich nicht. Wenn etwas schief lief, gab ich immer zuerst dem Job die Schuld.

Es war ein Kampf, aber schließlich schaffte ich es. Mein Vater hatte ein Netzwerk von Kontakten und Freunden, die halfen, Lilly zu beschützen, während Rafa und ich unser Ding machten.

Lilly war rücksichtsvoll. Sie liebte ihren „Opa", die

Nachbarschaft und hatte sogar schon ein paar Freunde gefunden.

Es war eine Erleichterung, dass dieses vorherige Ereignis sie nicht zu sehr beeinträchtigt hatte.

Ihre Albträume wurden nun immer seltener. Meinem Vater gebührte die ganze Anerkennung für diese Errungenschaft!

Es gab Momente, in denen mir der Gedanke kam, aufzuhören und nur noch als Tochter und Ersatzmutter da zu sein, aber ich wusste, dass sie dann immer noch in Gefahr wären.

Je mehr wir über Colda wussten, desto deutlicher wurde mir auch klar, dass wir niemals aufgeben durften.

Wie viele Leben hatte er ruiniert oder genommen? Nicht nur die Kinder, die er entführt hatte, sondern auch die trauernden Familien, die er zurückgelassen hatte...

All diese Eltern wussten nicht mal, was mit ihren Kindern passiert war, und da die Polizei nicht in der Lage war, sie ausfindig zu machen, hatten sie keine andere Wahl als zu leiden.

Es gab aber noch eine Kleinigkeit, die unsere Pläne verkomplizieren könnte.

Wir hatten kürzlich herausgefunden, dass Colda selbst eine Tochter hatte, über die wir nur wenig wussten. Er hatte sie gut verborgen gehalten.

Wir waren uns nicht einmal über ihr Alter sicher. Wir hatten sie zufällig in einer Nacht entdeckt, in der wir sein Haus observiert hatten.

Das junge Mädchen war dorthin chauffiert und in aller Eile ins Haus geführt worden, was uns zunächst zu der Annahme verleitete, dass es sich um ein entführtes

Mädchen handelte, das er bloß zu seinem sadistischen Vergnügen benutzen wollte.

Es bedurfte Rafaels ganzer Überredungskunst, um mich davon abzuhalten, aus dem Auto auszusteigen und das Haus in die Luft zu jagen.

Im Nachhinein betrachtet wäre das sehr dumm gewesen, denn weniger als zwei Stunden später kam sie heraus, gefolgt von Colda, der sie fest umarmte und den sie Papa nannte.

Von unserem Aussichtspunkt aus konnten wir gut sehen, dass sie niedergeschlagen und traurig war.

Eine elegante Mercedes-Limousine mit einer Frau am Steuer war in die Einfahrt eingefahren. Sie sagte nichts zu ihm, sondern zeigte Colda den Mittelfinger, was Colda entsprechend quittierte.

Die Tochter stieg ins Auto und winkte ihrem Vater zum Abschied, während die Mutter den Motor anließ. Die Räder des Autos drehten durch und schleuderten Kies in Richtung Colda und seiner Wächter, während sie davonraste. Wir hörten ihn „Fotze" hinterherrufen...

Es war offensichtlich, dass die beiden keine Liebe oder Zuneigung mehr füreinander empfunden.

Wir mussten unbedingt einen Rundgang über das Gelände machen! Wir wollten das Mädchen beschützen und sicherstellen, dass sie nicht in Gefahr geraten würde, in die Schusslinie zu geraten.

Doch wir waren ratlos und wussten nicht, wie wir das anstellen sollten...

# Kapitel 4

Während der Zeitpunkt des Missionsbeginns näher rückte, übernahm ich die Verantwortung für die Operation mit den gleichen Fähigkeiten wie zu meiner Zeit beim Militär.

Jede Razzia sollte nach einem bestimmten Regelwerk durchgeführt werden. Der Hauptzweck lautete, durch das Sammeln von Informationen Informationen zu gewinnen.

Ich dachte darüber nach, eine Drohne über Costas Grundstück fliegen zu lassen, aber ich kam zu dem Schluss, dass das zu auffällig wäre und schlecht ausgehen könnte.

Um das bestmögliche Ergebnis zu erzielen, mussten wir das Überraschungsmoment auf unserer Seite haben.

Unsere Risikobewertung war ständig im Fluss. Wir mussten uns genauer ansehen, wie viele seiner Fußsoldaten und zusätzliche Waffen wir ausfindig machen konnten. Außerdem mussten wir besonders vorsichtig sein, weil sich seine Tochter auf dem Gelände aufhalten konnte.

Mithilfe der Pläne, die Ramona in die Finger

bekommen hatte, konnten wir uns die Ein- und Ausgänge für die Mission einprägen.

In Anbetracht der vielen Möglichkeiten hatten wir zudem Notfallpläne entwickelt, die bei Bedarf in Kraft gesetzt werden konnten.

Der Gedanke daran, zusammen mit Ramona loszulegen, ließ mich besser fühlen. Es gab nichts Besseres als den Rausch des aktiven Einsatzes, nachdem ich ins Abseits gedrängt worden war und im Verborgenen gearbeitet hatte.

Ich war mir nicht sicher, ob ich ausrichten tun konnte, um sie zu beschützen. Es ging mir mehr darum, mich gebraucht und hilfreich zu fühlen.

Um sicherzustellen, dass unsere Ausrüstung in bestmöglichem Zustand blieb, führten wir regelmäßig Kontrollen und Wartungen durch.

Wir reinigten die Waffen in gut belüfteten Räumen nach jedem Gebrauch und ölten sie, wann immer es nötig war. All die bewundernswerten Eigenschaften von Ramona haben mich erstaunt. Sie hat ihre Glock wirklich ins Herz geschlossen und sah sie nie als selbstverständlich an.

Es gab so viele Möglichkeiten, dass etwas schief gehen konnte, aber Ramona hat alle Vorsichtsmaßnahmen getroffen. Ich hatte keine Bedenken, mit ihr in die Schlacht zu ziehen!

Wir fühlten uns beide bereit zuzuschlagen. Unser einziges Zögern galt dem jungen Mädchen und wie oft sie bei ihrem Vater vorbeischaute...

Schließlich hatten wir Glück, als wir im Fernsehen von einer Wohltätigkeitsveranstaltung in Coldas Haus hörten.

Das war jenseits unserer kühnsten Träume, dass wir so ein Glück haben würden. Ramona konnte wertvolle Informationen sammeln, wenn sie das Haus von innen begutachten konnte.

Auch wenn die Eintrittspreise für uns viel zu teuer waren, fragten wir uns, ob wir vielleicht einen Job als Aushilfskräfte für die Veranstaltung finden könnten.

Mit Hilfe meiner Kontakte aus der Vergangenheit konnte ich herausfinden, welches Catering-Unternehmen sie für die Veranstaltung engagiert hatten.

Ich konnte garantieren, dass Ramona unter dem Vorwand, meiner Cousine zu helfen, ohne viel Aufhebens als Kellnerin eingesetzt werden würde. Das war es schließlich, was die Menschen in unserer Community taten, um den Bedürftigen zu helfen.

Um auf Nummer sicher zu gehen, hatten wir uns für Ramona einen neuen Look ausgedacht, diesmal mit einer dunkelblonden Perücke und einem eher dezenten Aussehen, das besser zu einer solchen Veranstaltung passte.

Das Beeindruckendste an Ramona war, dass sie sich selbst so gut hineinversetzen konnte. Sie war so nur eine weitere Mitarbeiterin, an die man sich nicht erinnern würde. Das war perfekt und Ramona genoss das Rollenspiel.

Da ich wusste, dass einige von Coldas Männern gefährlich sein konnten, wollte ich Vorsichtsmaßnahmen treffen und warnte Ramona entsprechend vor.

Ich hatte einige von ihnen schon zusammen mit Vance beobachtet und wenn er zu Gräueltaten fähig war, waren sie es erst recht.

# Kapitel 5

Rafa und ich hatten uns den Namen „D-Day" für unsere Operation ausgedacht und ich betrachtete dies als eine Generalprobe dafür.

Ich war nervös, aber auch positiv gespannt, weil wir so viel Zeit damit verbracht hatten, Informationen zu sammeln. Nun wollte ich Action!

Die Freude, unserem Ziel näher zu kommen, war ein befriedigendes Gefühl. Vier Tage lang hatte ich unter dem Decknamen einer jungen Dame namens Talia acht Stunden lang mit dem Catering-Unternehmen trainiert, um mich auf die Arbeit vorzubereiten.

Ich hatte schon immer angenommen, dass ich schnell lerne.

Als ich gebeten wurde, mich für die Veranstaltung als Kellnerin ausbilden zu lassen, dachte ich also, dass alles ganz einfach sein würde.

Da ich noch keine Erfahrung als Kellnerin hatte, ging ich irrtümlicherweise davon aus, dass es nicht allzu schwierig sein würde.

Da ich sowohl Architektin als auch Sicario bin, war ich doch einzigartig, zumindest dachte ich das...

Es dauerte nicht lange, bis ich bemerkte, dass ich eine Herausforderung vor mir hatte.

Die anderen waren alle schwarz-weiß gekleidet und hatten ihre Haare fest hochgesteckt. Sie bewegten sich mit einer Anmut und Geschmeidigkeit, von der ich nur träumen konnte.

Mrs. Jenkins, die streng dreinblickende Ausbilderin, war mit meinem Outfit, bestehend aus einer Jeans, einem geblümten Hemd und offenem Haar, nicht einverstanden.

Sie verschwendete keine Zeit damit, uns Auszubildende auf Herz und Nieren zu prüfen.

Wir lernten, wie man ein Tablett mit Gläsern hält, ohne etwas zu verschütten, wie man Teller auf einer Hand balanciert, während man mit der anderen serviert, und wie man sich durch einen überfüllten Raum schlängelt, ohne jemanden anzustoßen.

Kein Wunder, dass es mir schwerfiel, mit den Anforderungen Schritt zu halten. Meine Finger fummelten und waren ungeschickt, immer wenn ich versuchte, imaginäre Gäste zu bedienen.

Es gingen zahllose Gläser zu Bruch, Essen wurde verschüttet und ich stolperte sogar über meine eigenen Füße.

Mrs. Jenkins schien über das alles nicht erfreut zu sein. „Du bist dafür nicht geeignet, Liebes", sagte sie mehr als einmal und ihre Tonlage triefte nur so vor Verachtung. „Vielleicht solltest du dir einen anderen Beruf suchen."

Das war der ausschlaggebende Punkt, der alles veränderte. Diese alte Schachtel würde mich nicht unterkriegen!

Ich übte in jeder freien Minute, was nicht einfach war, wenn man bedenkt, was in meinem Leben sonst so alles geschah.

Meine Hände waren irgendwann schon wund vom Jonglieren mit Gläsern und Tellern.

Ich beobachtete die anderen Auszubildenden und versuchte, Tipps und Tricks aufzuschnappen, mit denen ich mich verbessern konnte. Reue überkam mich jedoch wegen meiner früheren Selbstüberschätzung. Das hier war eine zermürbende Arbeit, die viel körperliche Anstrengung erforderte.

Nach einer gefühlten Ewigkeit kam der schicksalhafte Tag. Ich atmete tief durch und zog die schwarz-weiße Uniform an, die man mir zur Verfügung gestellt hatte, und war etwas nervös.

Vorsichtig hielt ich mein Tablett in den Händen, als ich den Ballsaal betrat. Obwohl ich die Größe des Ballsaals auf den Hausplänen gesehen hatte, erstaunte mich die Größe immer noch.

Die Vorstellung, dass eine einzelne Person ein so großes Anwesen bewohnen könnte, war schwer zu begreifen, aber ich konnte nur vermuten, dass er sich das mit seinem unrechtmäßig erworbenen Reichtum auch leisten konnte.

Am Anfang lief alles gut. Ich servierte Getränke und Vorspeisen, meine Bewegungen waren geschmeidig und sicher.

Der Ballsaal war gefüllt mit wohlhabenden Gästen in ihren schönsten Kleidern, die alle auf den Beginn der Wohltätigkeitsveranstaltung warteten, die von dem pompösen Mann der Stunde, Colda Crater, ausgerichtet wurde.

Als die Gäste ihre Plätze eingenommen hatten, betrat

Colda die Bühne, in einem maßgeschneiderten Anzug und mit einem breiten, selbstzufriedenen Grinsen.

Er begann seine Rede mit viel Schwung, begrüßte alle Gäste und dankte ihnen für ihre großzügigen Spenden.

Colda war ein Angeber, der mehr über sich selbst sprach als über die Wohltätigkeitsorganisation, die seinen Namen trug.

Er begann einen endlosen Monolog über seine eigenen Leistungen und klopfte sich selbst auf die Schulter für seinen geschäftlichen Erfolg, seinen sozialen Status und seinen tadellosen Geschmack.

„Was für ein Idiot!" Mit jedem Wort, das er von sich gab, drehte sich mir der Magen um.

Während er schwadronierte, bemerkte ich, wie sich die Gäste auf ihren Plätzen bewegten und unruhige Blicke austauschten.

Sie waren gekommen, um die Wohltätigkeitsorganisation zu unterstützen und nicht, um Colda zuzuhören, wie er mit seinen Leistungen prahlte.

Colda bemerkte jedoch nichts von ihrem Unbehagen. Er plapperte weiter, zählte seine vielen Auszeichnungen und Erfolge auf und erntete sogar Lob für den Erfolg der Wohltätigkeitsorganisation.

Nach einer gefühlten Ewigkeit beendete Colda seine Rede mit einer letzten selbstgefälligen Lobeshymne.

Das Publikum applaudierte höflich, aber es war sichtlich erleichtert, dass die Rede vorbei war. Ich war es auch!

Während sich die Gäste unter die anderen mischten und den Rest des Abends genossen, sonnte sich Colda in der Aufmerksamkeit und Bewunderung seiner Kollegen.

Ich glaube nicht, dass er eine Ahnung hatte, wie sie ihn wahrnahmen.

Er war ein Narzisst wie aus dem Lehrbuch, und das zu allem Überfluss...

Je länger der Abend andauerte, desto voller wurde der Saal und desto anspruchsvoller wurden die Gäste.

Mein Tablett wurde immer schwerer und meine Füße schmerzten vom vielen Stehen und Gehen, und ich hatte Mühe, mit den anderen Kellnern mitzuhalten.

Einmal stolperte ich und ließ fast mein ganzes Tablett fallen, woraufhin sich mehrere Gäste umdrehten und mich anstarrten.

Mein Gesicht wurde rot vor lauter Verlegenheit, vor allem weil ich wusste, dass Mrs. Jenkins jede meiner Bewegungen beobachtete.

Dann aber geschah etwas Seltsames. Ein Gast, eine ältere Frau mit einem freundlichen Gesicht, hatte Mitleid mit mir.

„Mach dir keine Sorgen, Liebes", sagte sie und tätschelte meine Hand. „Jeder muss irgendwo anfangen. Du wirst den Dreh schon noch rauskriegen!"

Ich spürte einen Anflug von Dankbarkeit, richtete meine Schultern auf und fuhr mit meinen Aufgaben fort, nachdem ich tief durchgeatmet hatte.

Wegen der großen Menschenmenge dauerte es lange, bis ich mich unbemerkt entfernen und meiner eigentlichen Aufgabe nachgehen konnte. Als ich sicher war, dass mich niemand beachtete, schlich ich mich heimlich die gewundene Treppe hinauf, die mich vor Blicken verbarg, und war nach kurzer Zeit im ersten Stock.

Auf meinem Weg hielt ich Augen und Ohren offen,

bewegte mich schnell und leise und war dankbar, dass mein Training mit Rafa mir erlaubte, auf Zehenspitzen zu schleichen.

Das Hauptschlafzimmer nahm einen großen Teil der gesamten Etage ein, was mir sehr gelegen kam.

Sie hatten die Pläne der Stadt geändert, denn dort gab es mindestens ein weiteres Schlafzimmer.

Eine illegale Umgestaltung, dachte ich im Hinterkopf. Ein weiterer Grund, ihn zu hassen!

Als ich eintrat, holte ich tief Luft und versuchte, meine Nerven zu beruhigen. Das war der bisher gefährlichste Teil meiner Mission und ich wusste, dass jeder Fehltritt den Unterschied zwischen Erfolg und Misserfolg bedeuten konnte.

Ich ging durch den Raum und notierte mir alles. Ich durchsuchte alle Schubladen auf der Suche nach einer Waffe und war erleichtert, dass es keine gab.

Auch die Schränke hatten keine versteckten Fächer oder Türen. Er hatte einige teure Kunstwerke an den Wänden, aber keine Familienfotos, nicht einmal ein einziges von seiner Tochter.

Als ich gerade schon gehen wollte, hörte ich ein Geräusch vor der Tür, das mich erstarren ließ und mein Herz zum Rasen brachte. *Hatten sie mich erwischt?*

Schritte näherten sich, und ich duckte mich hinter einer großen Vase und hielt den Atem an, als ein Wachmann eintrat. Ich beobachtete, wie er sich umsah und mit seinen Augen den Raum nach Anzeichen von Ärger absuchte.

Als er sich meinem Versteck zuwandte, handelte ich

schnell und trat mit einem müden, schuldbewussten Lächeln im Gesicht hinter der Vase hervor.

„Oh, entschuldigen Sie", bat ich mit sanfter und entschuldigender Stimme. „Tut mir leid, aber ich musste so dringend, dass ich nicht die für die Gäste reservierten benutzen konnte."

Der Wachmann sah mich an, aber ich hielt seinem Blick stand und wollte nur, dass er mir meine Geschichte glaubte.

Nach einer gefühlten Ewigkeit nickte er und deutete den Flur hinunter. „Gehen Sie zurück an Ihre Arbeit", sagte er in einem schroffen Ton.

Ich bedankte mich und ging die Treppe hinunter, dankbar, dass ich von ihm weg war.

Ich war sicher, dass ich eine Katastrophe vermieden hatte, und ich war umso mehr erleichtert, als ich mich wieder auf den Weg zu meinem Dienst machen durfte.

Am Ende des Abends überkam mich die Erschöpfung, aber auch ein Gefühl der Erleichterung. Ich hatte die Veranstaltung überstanden, und sogar Mrs. Jenkins hatte mir zähneknirschend ein Kompliment für meine Fortschritte gemacht.

Sie meinte, wenn ich mich anstrengen würde, würde ich nochmal eine gute Kellnerin werden.

Meine Gedanken lauteten jedoch: „Nein danke, ich habe andere Pläne. Wenn sie nur wüsste, welche..."

Als Ramona dieses Mal die Villa besichtigte, war meine Sorge um sie viel geringer als bei der Vance-Sache. Zu diesem Zeitpunkt hatte ich bereits ganz starkes Vertrauen in ihre Fähigkeiten und ihr Geschick, ihre eigenen Angelegenheiten zu regeln.

Außerdem waren viele Leute anwesend, so dass die Wahrscheinlichkeit groß war, dass Colda nichts Unüberlegtes tun würde, wie zum Beispiel sie zu entführen oder Schlimmeres...

Sobald der Tag kam, würde ich meinen Teil dazu beitragen, indem ich genug Sprengstoff in seinem „Lagerhaus" platzieren wollte. Genug, um verdammt großen Schaden anzurichten.

Es hat mich immer wieder überrascht, wie einfach es war, etwas zu bauen, das so verheerend sein konnte.

Das Sammeln von Informationen über Sprengsätze erleichterte deren Bau. Da Ramona die meiste Zeit über im Zentrum des Geschehens stand, war es eine Erleichterung, selbst auch etwas zu tun zu haben.

Ich kehrte in die Gegend zurück, in die Ramona und Lilly entführt worden waren, und es war derselbe Ort, an dem sich auch Coldas Lagerhaus befand...

Statt in dem prestigeträchtigen Bürogebäude in der Innenstadt führte er dort seine Geschäfte im Untergrund.

Ich hatte insgesamt vier Geräte zu verstecken und sie befanden sich in dem Rucksack, den ich behutsam bei mir trug.

Ich holte tief Luft und schlich mich näher an den Rand der Gasse, um um die Ecke zu spähen und einen besseren Blick auf das Lagerhaus zu erhaschen.

An drei Seiten des Geländes waren mehrere Wachen stationiert, die mit wachsamen Augen hin und her schritten.

Aus unseren vergangenen Beobachtungen wusste ich, dass sie später am Abend eine Lieferung erwarteten.

Mehr Mädchen oder Drogen, und nach der Lieferung würden sich die meisten nach hinten verziehen.

Es kotzte mich immer noch an, dass ich unwissentlich an diesem ganzen Menschenhandel beteiligt war.

Je schneller wir diese Mission abschließen konnten, desto glücklicher konnte ich bald wieder werden.

Vorsichtig entfernte ich mich aus dem Schatten und machte mich auf den Weg zum Eingang, dem einzigen Ort, der kaum gesichert war.

Als ich mich der Tür näherte, konnte ich gedämpfte Stimmen und schlurfende Schritte aus dem Inneren hören.

Ich musste schnell handeln, also griff ich in meine Tasche und holte einen Dietrich für das Schloss heraus.

Gerade als ich das Werkzeug in das Schloss stecken wollte, hörte ich einen scharfen Pfiff und eine mürrische

Stimme, die rief: „Hey, du! Was glaubst du, was du da tust?"

Ich drehte mich um und sah, wie eine Wache auf mich zukam und mit der Hand nach der Waffe an seiner Hüfte griff.

Seine Bewegungen waren so schnell, dass ich ihn nicht bemerkte, bevor er mich erreichte.

Es gab aber kein Zögern meinerseits. Ich schwang meine Faust mit aller Kraft, die ich aufbringen konnte, und versetzte ihm einen festen Schlag voll gegen den Kiefer.

Der Wachmann stolperte verwirrt nach hinten, doch der Schimmer seines Messers glänzte im Licht der Straßenlaterne, ehe er sich schnell erholte und etwas davon brabelte, mich nun umzulegen.

Und als er sich auf mich stürzte, wich ich ihm aus und nahm ihn in den Würgegriff, wobei ich ihm die Hand vor den Mund hielt, damit er nicht um Hilfe schreien konnte.

Sein Messer fiel mit einem leisen Klirren zu Boden, bis ich das Leben aus ihm herausquetschte.

Als ich sicher war, dass er tot war, löste ich meinen Griff und schleppte seinen leblosen Körper zur Seite, wo es dunkel war.

Dann knackte ich das Schloss und bahnte mir einen Weg in das Lagerhaus.

Die Geräusche kamen aus einem Raum zu meiner Rechten, also drehte ich mich in die andere Richtung.

Als ersten Schritt meines Plans platzierte ich das Ding in der Nähe des Eingangs und stellte es auf ein Regal, in dem die Werkzeuge eines Mechanikers lagen. Es fügte sich optisch sogar prima ein!

Auch die anderen drei Sprengsätze waren leicht zu platzieren, ich versteckte sie hinter einigen Kisten.

Das Gute daran war, dass niemand wirklich damit rechnete, dass in einen solchen Ort eingebrochen werden würde.

Es gab keine Sicherheitsvorkehrungen im Inneren des Anwesens, aber ich bemerkte leere Container, die wahrscheinlich als Aufbewahrungsort für ihre Opfer dienten.

Es war unheimlich still, als ich die andere Seite des Gebäudes erreichte. Ich nutzte das unverschlossene Tor und schlich mich schlussendlich unbemerkt davon, um in der Dunkelheit zu verschwinden.

Bevor ich mich auf den Heimweg machte, schrieb ich Ramona noch eine Nachricht über ein Wegwerfhandy.

# Kapitel 7

Weder Rafael noch ich machten uns Illusionen über jene Gefahr, in die wir uns freiwillig begeben hatten.

Als wir uns dem Zeitpunkt näherten, an dem wir handeln mussten, beschlossen wir, dass es wichtig war, mehr Zeit mit unseren geliebten Familienmitgliedern zu verbringen, nämlich mit Lilly und meinem Vater.

Wir wollten, dass sie die bestmöglichen Erinnerungen haben würden, falls einem von uns beiden etwas zustoßen sollte.

Je sicherer wir wurden, dass Colda nicht wusste, wo wir uns aufhielten oder wer wir waren, desto wohler fühlten wir uns in unserer Haut.

Wir genossen ein wunderschönes Wochenende in dem Haus, in dem ich aufgewachsen war, zusammen mit den beiden.

Es war jedoch ein bittersüßes Gefühl der Vorfreude, als ich den gemütlichen Hafen meiner alten Heimat betrat, in der ich fast mein ganzes Leben verbracht hatte.

Kerzenlicht und der Duft der Küche meines Vaters erfüllten mich mit Behaglichkeit.

Das Wochenende war eine Achterbahn der Gefühle, hauptsächlich Freude, aber auch ein Hauch von Traurigkeit schwang mit.

Die Nachbarn begrüßten uns mit herzlichen Umarmungen und einem aufrichtigen Lächeln.

Lilly klammerte sich an mich und Rafael und wirkte wie ein Schatten, der an zwei Orten gleichzeitig sein konnte.

Es war, als könne sie nicht glauben, dass wir wirklich da waren und folgte uns überall hin, um sicherzugehen.

Wir fanden das sowohl rührend als auch amüsant, und es war eine Quelle der Unterhaltung für uns.

Ich umarmte meine Lieben, denn deren Anwesenheit war eine Wohltat für meine ruhelose Seele.

Nach der Stille in unserem versteckten Haus hallte das Kinderlachen durch die Flure, voller Unschuld und grenzenloser Energie.

Das Zuhause war ein echter Zufluchtsort und ermöglichte eine vorübergehende Atempause vor dem Sturm.

Im Hinterkopf konnte ich nicht umhin, an all die Kinder zu denken, denen Menschen wie Colda Schaden zugefügt hatten.

Das Gefühl, dass ich meinen Teil dazu beitrug, die Sicherheit der Kinder in der Nachbarschaft zu gewährleisten, gab mir nun Halt.

Die Küche wurde, wie erwartet, zum Mittelpunkt unseres Familientreffens.

Das Essen war schon immer ein wichtiger Teil des Familienlebens und es wurden viele Erinnerungen wach.

Meine Mutter liebte es einst, für die Versammlungen zu kochen, die jedes Wochenende stattfanden.

An diesem Wochenende war es nicht anders als damals und am nächsten Morgen waren wir alle schon ganz aufgeregt.

Mein Vater beschloss, Tamales zu machen, und da er sehr stolz darauf war, tat er es auf die altmodische Art: komplett hausgemacht!

Er war extra früh aufgestanden, um die Maishülsen einzuweichen. Ich hatte etwas Zeit mit ihm allein verbracht, nachdem er an meinem Schlafzimmer und dem Bett, das ich mit Rafa teilte, vorbeigegangen war.

Mein Vater bemerkte wieder einmal, dass mich etwas bedrückte, und versuchte, mich zum Reden zu bringen.

Ich schob es auf die hohe Arbeitsbelastung und versprach, dass sich die Lage entspannen würde, sobald das Projekt, an dem wir gerade arbeiteten, abgeschlossen sei.

Das schien ihn zu besänftigen.

Ich beobachtete ihn dann, wie er geschickt durch die Küche sauste und bemerkte dabei, wie viel jünger und frischer er mir vorkam.

„Lilly ist ja wie ein Jungbrunnen!“ sagte er und seine Mimik brach in ein Lachen aus.

„Das kann ich mir nur vorstellen. So viel jugendliche Energie...“ lachte ich mit ihm.

„Du warst als junges Mädchen auch so. Du hattest immer so viele Fragen und hast jedes Mal, wenn wir zusammen einen Film gesehen haben, nach der Gerechtigkeit gefragt.“ erklärte er mit verdrehenden Augen.

„Es ist ein Wunder, dass du nicht bei der Polizei gelandet bist“, fügte er hinzu, als ich die Nase rümpfte.

Hmm... Mein Verstand fragte sich nun: *War das der Moment, in dem alles begann?*

Unser gemeinsames Lachen führte dazu, dass Lilly und Rafa sich bald zu uns gesellten und wir uns alle in den kleinen Raum quetschten.

Jeder trug etwas bei, Rafa machte mit Lillys Hilfe ein Frühstück, während ich meinem Vater half.

Der verlockende Geruch von Schweine- und Hühnerfleisch, gemischt mit Paprika und Gewürzen, wehte durch die Luft, und trotz des großen Frühstücks meinten wir alle, dass wir auch dieses Essen noch genießen könnten.

Danach kuschelten wir uns zusammen auf das abgenutzte, aber plüschige Sofa. Die zärtliche Umarmung meiner kleinen Familie legte sich wie ein wärmendes Schutzschild um mich.

Rafaels Hand fand schließlich die meine und dann verschränkte er unsere Finger, um mir seine Hingabe zu versichern.

Sehr zu Lillys Belustigung blickten wir uns lange in die Augen. Sie machte spöttisch Kussgeräusche mit ihrem Mund und erwähnte ab und zu das Wort „eklig", während wir Erwachsenen darüber schmunzelten.

Mein Vater unterhielt die beiden mit Erzählungen aus meiner Kindheit. Obgleich ich diese kostbaren Momente genoss, erinnerte mich das an die Verantwortung, diejenigen zu beschützen, die mir lieb und teuer waren.

Bald schon war es an der Zeit, in den Park in der Nähe des Gemeinschaftsgartens zu gehen.

Bewaffnet mit unseren Tamales, Guacamole und Dip sowie Limo machten wir uns auf den Weg und trafen auf andere, die schon da waren.

Vor uns lag ein wahres Festmahl, das auf mehreren Tischen im Park verteilt und mit viel Liebe und Sorgfalt zubereitet worden war.

Das Knistern von Plastikbechern und Bierflaschen begleitete unzählige lebhafte Diskussionen. Eine Sinfonie von Stimmen erfüllte das ganze Areal mit unendlicher Wärme und Lebensfreude.

Obwohl Geld ein gewisses Maß an Zufriedenheit mit sich bringen kann, ist es nicht der einzige Faktor, um wahres Glück zu finden. Diese Menschen genossen das Leben in vollen Zügen, und obwohl die meisten arm waren, teilten sie großzügig untereinander.

Nachdem wir uns gestärkt hatten, unternahmen wir einen gemütlichen Spaziergang, um den kleinen Garten meines Vaters zu bewundern und jeden noch so kleinen Moment festzuhalten.

Die Luft war frisch und erfüllt vom Duft der blühenden Blumen. Überall liefen Kinder herum und Lilly hatte uns natürlich bald nach dem Essen für ihre Freunde verlassen.

Ihr Lachen hob unsere Laune! Die Party ging bis spät am Abend weiter und wir blieben so lange da, bis Lilly schließlich einschlief. Rafael trug sie zurück ins Haus, während mein Vater zurückblieb, um sich mit seinen Freunden zu unterhalten. Mir wurde klar, was für ein toller Vater Rafael einmal sein würde: liebevoll, beschützend und zärtlich.

Ich durfte mich aber nicht darauf konzentrieren, sondern nur auf den Auftrag, der vor mir lag. Colda loszuwerden, hatte oberste Priorität!

Als wir zu Hause ankamen, dauerte es nicht lange, bis

uns der Schlaf einholte. Ich hatte ein bisschen zu viel getrunken und lallte schon, sehr zu Rafas Belustigung! Das war genau das mentale Stärkungsmittel, das wir nötig gehabt hatten..

„Ich schätze, ich habe heute Abend kein Glück", sagte er, als er mich hochhob, nachdem er Lilly in ihr Bett gelegt hatte.

„Wer sagt das?!" erwiderte ich, bevor ich in seinen Armen einschlief.

Obwohl ich mir einen viel längeren Schlaf gewünscht hatte, war der Morgen viel zu schnell gekommen und die sanften Töne der Morgendämmerung drangen durch die Vorhänge.

Der Duft von frisch gebrühtem Kaffee lud uns ein, ein letztes Mal zusammenzukommen, bevor wir aufbrachen.

Als alle am Frühstückstisch Platz nahmen, herrschte eine düstere und traurige Stimmung im Raum.

Ich wusste, dass es den beiden widerstrebte, uns gehen zu lassen und um ehrlich zu sein, wollte ich auch nicht gehen.

Schweren Herzens verabschiedete ich mich von ihnen und umarmte jeden von ihnen, um ihre Liebe in meinem Herzen zu verankern.

Um den schwierigen Weg, der vor mir lag, zu meistern, behielt ich ihre Stimmen und ihr Lächeln wie ein magisches Amulett bei mir.

Die Liebe meiner kleinen Familie beflügelte meine Entschlossenheit und entfachte ein Feuer in mir, um zu ihnen zurückkehren zu dürfen.

Ich war bereit für die Mission, die vor mir lag, und ich

war auch bereit, alle Herausforderungen zu meistern, die auf mich zukommen würden, denn ich wusste, dass Rafael mir zur Seite stand!

# Kapitel 8

Rafa spürte den Rhythmus seines Herzschlags als er vor Coldas Haus stand. Aber er war bereit, den Plan in die Tat umzusetzen!

Nach Monaten sorgfältiger Vorbereitung, dem Sammeln von Beweisen und noch mehr harter Arbeit hatten sie diesen Punkt ihres Weges nun erreicht.

Es war an der Zeit, Colda zu entlarven und ihn zur Rechenschaft zu ziehen. Ich schaute zu Ramona hinüber, meiner Partnerin bei diesem waghalsigen Unterfangen, und konnte die Entschlossenheit in ihren Augen sehen.

Meine militärische Ausbildung ging mir durch den Kopf und ich konnte ruhig und gefasst bleiben, während ich betete, dass Ramona das Gleiche zu tun vermochte.

Die Nacht war still und ruhig und die Dämmerung verlieh ein Gefühl von Geheimhaltung und Abgeschirmtheit. Ihr Auftrag war einfach, aber gefährlich.

*Töte Colda und durchsuche sein Haus nach Beweisen für seine illegalen Aktivitäten und Verbindungen zum organisierten Verbrechen.*

Wir hatten jede Aktion gründlich durchdacht, denn wir wussten, dass ein falscher Schritt katastrophale Folgen haben könnte und wir alles verlieren würden.

Wir vermuteten, dass sich die Akten in seinem Büro oder vielleicht im Tresorraum befinden würden. Das wären die logischsten Orte, um sie zu verstecken.

Falls sich der Zugang zu den Akten als zu schwierig erweisen sollte, mussten wir das Risiko dennoch eingehen und hoffen, dass die Polizei in Coldas Leben nachforschen und die Wahrheit ans Licht bringen würde.

Als ich nach den Schlössern griff, summte mein Telefon mit einer eingehenden Nachricht.

Ich runzelte irritiert die Stirn und warf einen kurzen Blick auf den Bildschirm.

Da war eine Nachricht von seiner Insiderin Maria, die ihm in letzter Minute wichtige Informationen zugespielt hatte. Rafas Frustration wuchs, als er die Nachricht las.

„Coldas Tochter verbringt die Nacht bei ihrem Vater, Planänderung in letzter Minute! Hör auf mit dem, was du vorhast!"

Rafas Herz bekam einen Stich, seine adrenalingetriebene Aufregung wurde nun durch eine Mischung aus Frustration und Wut ersetzt.

Maria arbeitete als Dienstmädchen für Colda und ihre Informationen waren bisher immer zuverlässig gewesen.

Er kannte sie, seit er ein Kind war. Sie wohnte in seiner Nachbarschaft und hatte viele Jahre mit seinem Vater zusammengearbeitet.

Die Verbindung zu den richtigen Leuten aus seiner Vergangenheit führte ihn schließlich zu jemandem, der in Coldas Haus arbeitete.

Es war eine Erleichterung für ihn, dass die Person, die er dabei vorfand, ausgerechnet jemand war, den er bereits kannte.

Ohne zu wissen oder zu fragen, warum Rafael Informationen wollte, war sie froh, sie ihm zu geben. Sie wusste genau, dass Colda ein grausamer Mann war, nachdem sie so viele Jahre für ihn gearbeitet hatte.

Hätte Rafael das früher gewusst, hätten sie Ramona gar nicht gebraucht, um undercover auf die Party zu gehen. So kurz vor dem Ziel musste der entscheidende Schlag nun aber dennoch verschoben werden.

Sie hatten nicht mit diesem Rückschlag gerechnet, der eine echte Bedrohung für den erfolgreichen Abschluss des Plans darstellte. Die Sache musste verschoben werden und das war alternativlos.

Rafael schaute Ramona an und in ihrem Gesicht spiegelte sich die gleiche Mischung von Gefühlen wider. Sie hatten Monate harter Arbeit in diese Mission investiert.

Jetzt, wo die Tochter unerwartet auftauchte, mussten sie ihre Mission für diese Nacht dennoch aufgeben.

Rafas Gedanken überschlugen sich, während er so über die Folgen der plötzlichen Planänderung nachdachte. Was wäre, wenn die Tochter sie sehen würde?

Würde sie sich an Ramona oder ihn erinnern und sie identifizieren können? Der Gedanke, dass ihre Tarnung aufgeflogen und ihre Bemühungen umsonst gewesen sein konnten, jagte ihm einen Schauer über den Rücken.

Ramona war kurz davor, sich von der Tür zurückzuziehen und zu Rafa in den Schatten zu fliehen, als sie eine Bewegung wahrnahm. Zum Weglaufen war es jedoch zu spät.

Ramona beobachtete, wie Coldas Tochter aus dem Haus trat, ihre Augen waren mit einer Mischung aus Angst und Trauer erfüllt. Das zentnerschwere Gewicht der schmerzhaften Wahrheit war in ihrem Verhalten deutlich abzulesen.

Zu Ramonas Erleichterung schrie die Tochter abwer gar nicht und stellte sich ihnen nicht entgegen. Stattdessen begegnete sie Ramonas Blick und zwischen den beiden herrschte ein stilles Einvernehmen.

Die Tochter wusste, wozu sie da waren, und sie hatte nicht die Absicht, ihre Anwesenheit ihrem Vater oder jemand anderem zu verraten.

*War sie wirklich so unglücklich? Das arme Kind!*

Ein Hoffnungsschimmer tauchte nun aus den Tiefen von Ramonas vorheriger Frustration empor - Coldas Tochter kannte die wahre Natur ihres Vaters.

Ihre Mutter hatte ihr Geschichten erzählt, wie sie seiner Kontrolle entkommen war und wie sie sich anschließend von ihm scheiden ließ.

Sie hatte irgendeinen Vorteil gegenüber ihm, den sie nie jemandem verraten hatte, nicht einmal ihrer Tochter selbst.

Ramonas Angst verflog, als sie den potenziellen Vorteil der Situation erkannte und den Mut des Mädchens bewunderte. Da sie die dunkle Seite ihres Vaters kannte, ließ sie die Dinge auf sich zukommen, wie sie kamen. Das war ein Beweis für ihre Widerstandsfähigkeit und die Stärke des Einflusses ihrer Mutter.

Schweren Herzens zogen sich Rafa und Ramona leise aus der Nähe von Coldas Haus zurück und gaben ihre Mission für diese Nacht dennoch auf.

Frustration und Wut hielten noch immer etwas an,

aber sie fanden Trost in der Gewissheit, dass ihr Geheimnis sicher war. Seine Tochter würde nicht reden.

Auf dem Heimweg wurde Rafas Entschlossenheit immer stärker und er spürte nun, dass er wieder fest entschlossen war. Obwohl ihr Plan verschoben werden musste, hatten sie immer noch ein wenig Hoffnung!

Das Schweigen der Tochter hatte ihnen diese Hoffnung zurückgegeben, jene Hoffnung, dass ihre Mission noch immer gelingen konnte und dass die Gerechtigkeit über Coldas böse Taten siegen würde.

# Kapitel 9

Während die Beiden sie sich von Coldas Haus zurückzogen, legte sich die Last der Enttäuschung wie eine schwere Wolke über Ramona.

Der abrupte Abbruch ihrer Mission hatte sie frustriert und verunsichert zurückgelassen.

Sie konnte die anhaltende Enttäuschung, die an ihnen nagte, nicht so leicht abschütteln.

Als sie einen sicheren Ort gefunden hatten, um sich neu zu formieren, schweiften Ramonas Gedanken in die Zukunft ab.

Ihre Entschlossenheit, der Welt Gerechtigkeit zu bringen und Menschen wie Colda zu beseitigen, stand immer im Vordergrund ihres Engagements für die Sache.

Doch jetzt, angesichts dieses Rückschlags, stellte sie den Weg, den sie eingeschlagen hatten, doch wieder in Frage.

Ihre Gedanken kreisten um Rafa und ihre Beziehung. Sie waren sowohl im Privat- als auch im Berufsleben Partner, die alle beide ein gemeinsamer Sinn für Gerechtigkeit verband.

Ramona liebte Rafa, und sie glaubte, dass er genauso empfand. Aber in letzter Zeit hatte sich ihr Fokus verschoben.

Sie sehnte sich nach einem Leben, das über ihre gefährlichen Missionen hinausging.

Sie stellte sich auch eine Zukunft vor, in der Rafa, Lilly, ihr Vater und sie ein Leben in der freien Natur führen konnten.

Sie stellte sich vor, wie sie ihre Arbeit als Architektin genießen und Bleibendes erschaffen würde.

Und sie sehnte sich nach einem friedlichen Leben, einem Ort, den sie ihr Zuhause nennen konnten, wo sie Wurzeln schlagen und ein gemeinsames Leben aufbauen konnten.

Dass ihr Vater mit jedem Tag älter wurde, bereitete Ramona auch große Sorgen.

Ramona war der Meinung, dass Lilly die Liebe und Fürsorge von ihr und Rafa sowie von ihrem Vater verdient hatte. Sie hatte die Chance verdient, Geschwister zu haben und in einer fürsorglichen Umgebung aufzuwachsen.

Diese Gedanken und Wünsche zerrten an Ramonas Herz, ein unaufhaltsamer innerer Konflikt braute sich deshalb in ihr zusammen.

Sie glaubte immer noch an ihre Mission, an den Kampf für Gerechtigkeit, aber sie sehnte sich auch nach einem Leben voller Stabilität und Normalität.

Sie sehnte sich danach, mehr als nur eine Kriegerin im Verborgenen zu sein.

Nachdem sie sich wieder gefangen hatte, wusste Ramona, dass sie mit Rafa reden musste.

Es war an der Zeit, ihre Hoffnungen und Träume für die Zukunft mitzuteilen und ihren Wunsch nach einem Leben jenseits ihrer gefährlichen Missionen zu äußern. Sie vertraute Rafa und sie glaubte, dass er ihr Bedürfnis nach Veränderung verstehen würde.

Später, als sie sich in einer ruhigen Ecke des Hauses niedergelassen hatten, sah Ramona ihrem Rafa in die Augen und suchte darin nach jener Bindung, die tiefer ging als ihre gemeinsame Sache.

Sie wusste, dass sie sich mit ihren Wünschen öffnen musste, aber sie wusste auch, dass sie dieses Gespräch führen musste.

„Rafa", begann sie leise, „ich kann nicht anders, als über unsere Zukunft nachzudenken.

Ich möchte die Welt von Menschen wie Colda befreien, aber das Bedürfnis, ein normales Leben ganz offen zu führen, zerrt an mir."

Ramona hielt zögerlich inne, bis ihr die Tränen in die Augen stiegen. „Ich möchte meine Karriere genießen, ein Haus bauen und mich um Lilly und meinen Vater kümmern. Ich glaube, dass wir auf eine andere Art und Weise etwas bewirken können, eine Art, die es uns ermöglicht, für die Menschen, die wir lieben, da zu sein."

Sie suchte nun in Rafas Augen nach etwas Verständnis. „Ich möchte über unsere Träume sprechen, Rafa.

Ich möchte wissen, was du dir für unsere Zukunft vorstellst. Gibt es einen besseren Weg?"

Rafa hörte aufmerksam zu, in seinen Augen spiegelte sich eine Mischung aus Überraschung und Nachdenklichkeit wieder.

Er streckte die Hand aus und nahm Ramonas Hand sanft und beruhigend an sein Herz, was seine Unterstützung ausdrückte.

„Ramona, ich verstehe dich und deine Sehnsucht nach einem anderen Leben", antwortete Rafa voller Zärtlichkeit. „Auch ich habe von einer Zukunft jenseits dieser gefährlichen Missionen geträumt. Ich habe so viel davon im Krieg gesehen.

Lass uns für Gerechtigkeit kämpfen und uns gleichzeitig ein Leben aufbauen, in dem wir Stabilität und Glück finden können. Lilly hat das verdient, und wir auch."

Für Rafael war das eine ziemlich lange Rede. Normalerweise sprach er nicht viele Worte, sondern ließ lieber Taten für sich sprechen.

Ramona spürte jetzt, wie eine Welle der Erleichterung über sie kam. Ihre gemeinsame Vision für die Zukunft gab ihr die Gewissheit, dass sie einen Weg finden würden, der ihre Leidenschaft für Gerechtigkeit mit einem normalen Leben verbinden konnte.

Sie würden etwas bewirken und gleichzeitig ihre Beziehungen pflegen und eine Familie gründen dürfen!

Ramona kam nun näher heran, um Rafa leidenschaftlich zu küssen. Ihre Lippen schmeckten zart wie Rosenblüten, ihre Haut war samtig weich und verlockend glatt unter ihrem Oberteil.

Und ihre Brüste lagen durch den BH hindurch fest und warm in seinen Händen, die Nippel reif wie Knospen, die nur darauf warten, gepflückt zu werden.

Rafa griff um sie herum, um ihren BH zu öffnen und als es soweit war, konnte er nur noch auf diese Pracht herunterblicken.

Er senkte seine Lippen, um an diesen Titten zu saugen, während er die Hitze ihres ganzen Körpers an sich spürte.

Er spürte dasselbe und wurde immer härter dabei.

Ramonas Augen waren von Begierde erfüllt, als sie nach seiner Beule unter dem Pyjama griff und mit dem Daumen die Eichel berührte, an der bereits der erste Lusttropfen zu sehen war.

Sie küsste sich seinen gesamten Körper hinunter, bis zu Rafas dickem Schwanz. Das Gefühl und die Wirkung, die sie auf ihn hatte, genoss Ramona in vollen Zügen.

Rafael stöhnte auf und sein Puls beschleunigte sich immer mehr, vor allem, als sie ihre Finger um seinen dicken Riemen legte und die Spitze küsste.

Ramonas Zunge glitt darüber hinweg, bevor sie Rafa tief in die Augen blickte, und dann seinen Schwanz auf und ab zu massieren begann.

Rafa konnte nicht länger widerstehen, seine Hüften in die Höhe zu recken und zu versuchen, seinen Schwanz ganz tief in Ramonas Mund zu bekommen, aber sie zierte sich und erregte ihn nur noch mehr, indem sie an seinen prallen Eiern saugte.

Schließlich stürzte sie sich auf das Prachtsück und verschlang ihn ganz tief, während ihre Hände immer noch seine beiden Kugeln streichelten.

Gleichzeitig drehte Ramona sich so, dass sie neben ihm kniete und ihre Beine weit gespreizt waren, so dass Rafa einen freien Blick auf ihre saftige Möse hatte, was seine rasende Lust nur noch mehr verstärkte. Fasziniert beobachtete er, wie ihr Arsch wackelte und er sah, wie ihr glänzender Honig förmlich zu fließen begann.

Mit einem heiseren Brüllen streckte er seine Hand aus,

um ihren Venushügel zu umfassen und ihre Schamlippen noch weiter zu öffnen.

Rafa war hin- und hergerissen. Er wollte Ramona ficken, aber sie machte ihm klar, dass sie noch nicht bereit war.

Sie hatte zu viel Spaß mit seinem Schaft...

„Fick mich mit deinen Fingern", hauchte sie zwischen ihrem Saugen, Lecken und Wichsen. Rafa machte sich sofort an die Arbeit und ließ vier Finger tief in ihre Liebesspalte einsinken, während sein Daumen über ihren Kitzler rollte und sie lustvoll wimmerte.

Der Duft ihrer Erregung, ein Hauch von Erdbeere und Sahne gemischt mit ihren Pheromonen, erfüllte die Luft.

Rafas Bewegungen wurden immer schneller und es dauerte nicht lange, bis er seinen Höhepunkt erreicht hatte und Ramonas lüsternen Mund mit einem Strom von heißen Samen überflutete, den sie bis auf den letzten Tropfen gierig schluckte.

Dann nahm er seine Finger in den Mund, um von Ramonas Liebessaft kosten zu können, ehe er schließlich seine Zunge gekonnt zwischen ihren Schamlippen hindurchgleiten ließ, bis auch Ramona explodierte.

Die presste ihre Hüften fordernd in Rafas Gesicht, bis all ihre Säfte in seinen Mund spritzten.

Viel später, nachdem ihre hemmungslose Lust befriedigt war, saßen Ramona und Rafa zusammen und sprachen über ihre Träume und Hoffnungen für die Zukunft, mit einem ganz neuen Gefühl von Zielstrebigkeit und Verständnis füreinander.

Die Enttäuschung über ihre gescheiterten Pläne

verblasste nun und an deren Stelle trat eine neu entdeckte Hoffnung auf ein gemeinsames Leben, welches Liebe, Gerechtigkeit und die einfachen Freuden, die eine Zukunft voller Möglichkeiten mit sich bringt, umfasste.

# Kapitel 10

Während es draußen unaufhörlich regnete, hatten Ramona und ich uns neu formiert und waren bereit, im Schutze der Nacht zuzuschlagen.

Der Sturm verlieh unserer Mission ein Gefühl der Dringlichkeit und verstärkte die Spannung, die ohnehin schon in der Luft hing nur noch mehr.

Diesmal gab es keine dringende Nachricht von Maria, die uns dazwischenfunkte. Alle Vorbereitungen waren getroffen worden und wir würden den Plan endlich in die Tat umsetzen können!

Wir waren beide irgendwo ängstlich, aber auch begierig darauf, die Mission zu erfüllen und mit unserem Leben fortzufahren.

Mit klopfendem Herzen und Adrenalin in den Venen näherten wir uns der Grenze von Coldas Anwesen. Meine Wenigkeit, die Ramona trotz meines kaputten Beins als Meister der Infiltration bezeichnete, bewegte mich flüssig und geräuschlos voran.

Ramona, die wachsame Beobachterin, folgte mir dicht

auf den Fersen und suchte die Umgebung nach Anzeichen von Ärger ab. Ich war echt erleichtert, dass nur ein kleines Team zugegen war, denn das verringerte die Gefahr, dass wir überwältigt werden konnten.

Die Villa ragte wie eine Festung vor uns auf und all ihre Fenster waren durch weiße Jalousien abgeschirmt.

Wir mussten uns einen Weg hinein bahnen, ohne die Wachen zu alarmieren, sonst würden unsere Erfolgsaussichten schwinden. Ich gab uns ein Zeichen, dass wir uns in die Hocke begeben sollten, als wir uns dem Haupteingang näherten und flüsterte Ramona zu: „Bleib dicht bei mir und folge mir!"

Gemeinsam schlichen wir durch die Schatten, wobei wir bei jedem Schritt darauf achteten, knarrende Dielen oder verirrte Mondlichtstrahlen auf uns zu vermeiden.

Die Anspannung war spürbar! Wir atmeten flach, besonders als wir vorsichtig die Sicherheitskameras an der Außenfassade umgingen.

Coldas Herrenhaus war ein einziges Labyrinth aus versteckten Fallen und tödlichen Sicherheitsmaßnahmen.

Wir hatten jedoch zwei Vorteile. Erstens hatte er uns unterschätzt und seine Sicherheitsvorkehrungen nicht erhöht und zweitens hatten wir nicht nur die Hauspläne gesehen, sondern kannten dank Maria auch die Lage und die Funktionsweise des Hauses.

Wir schafften es so unbemerkt bis zur Haustür, aber als Rafael nach der Klinke griff, bog ein Wachmann um die Ecke. Und der war groß und bedrohlich, mit einem Blick, der kalt wie Eis war.

Unsere Herzen setzten kurz aus, aber Rafael reagierte schnell. Mit blitzschnellen Reflexen wirbelte er herum und versetzte dem Wachmann einen kräftigen Schlag gegen den Kiefer, so dass er mit einem dumpfen Aufprall zu Boden ging.

Der Partner des Wachmanns, der durch das Handgemenge aufmerksam geworden war, erschien nun auch noch in der Tür. Ohne zu zögern, stürzte sich Ramona auf ihn und verwickelte ihn in einen heftigen Nahkampf.

Coldas Wächter war gewiss kein Schwächling, aber die Fähigkeiten, die ich Ramona beigebracht hatte, trugen jetzt Früchte. Schlag auf Schlag tauschten sie aus und das Geräusch von harten Treffern erfüllte die kühle Nachtluft.

Ein gut platzierter Tritt in die Leistengegend ließ den Wächter schließlich zusammen neben seinem gefallenen Kameraden ohnmächtig umher taumeln.

Ich nutzte die Zeit, um das Schloss zu knacken und wartete darauf, dass Ramona den Kampf mit dem Wachmann beendete.

Ich zweifelte nämlich nicht im Geringsten daran, dass sie mit ihm fertig werden würde, und eine Einmischung hätte sie nur verärgert.

Wir bekamen jedoch keine Zeit, unseren kleinen Sieg zu feiern, denn die Uhr tickte, und unser Ziel erwartete uns inmitten der Villa...

Als wir uns endlich einen Weg durch das Haus bahnten, war nur noch das Geräusch unserer Schritte zu hören, das durch den Regen jedoch übertönt wurde.

Mein Herz schlug schneller, je zielstrebiger wir uns fortbewegten. Coldas Suite lag gleich hinter den verzierten Doppeltüren am Ende des Flurs, da wir diesmal einen anderen Weg als durch den Ballsaal genommen hatten. Ich machte mich auf das gefasst, was nun unweigerlich kommen musste...

Ramona gab mir ein Zeichen, dass ich in der Bibliothek nach den Papieren suchen sollte. Colda gehörte ihr, so wollte sie es.

Ohne einen weiteren Moment zu verschwenden, machte ich mich auf den Weg in die Bibliothek und fand dort den Safe, der hinter einem kunstvoll geschnitzten Bücherregal versteckt war.

Ich wollte gerade meine Tresorknackerkenntnisse einsetzen, als ich bemerkte, dass die Tür offen war.

Mit zittrigen Händen öffnete ich die Tür endgültig...

Coldas schmutzige Geheimnisse lagen nun offen vor mir. Dokumente, Fotos von kleinen Kindern und eine Sammlung von belastenden Beweisen über seinen ganzen Betrieb.

Die einzige Erklärung, die mir einfiel, war, dass er vorhin dort hier war, aber seine Waffe aus dem Schlafzimmer geholt und die Tür offen gelassen hatte.

Er hatte die Absicht, zurückzukehren! Ich fürchtete jetzt um Ramona und wollte an ihrer Seite sein!

Vorsichtig sammelte ich die Beweise ein und verstaute sie in einem sicheren Fach meiner Tasche.

Dann machte ich mich auf den Weg nach draußen und hoffte, dass eine siegreiche Ramona bereits auf mich warten würde...

# Kapitel 11

Ich stieß die Türen auf und trat in Coldas opulentes Heiligtum. Sie schmückten den Raum mit teurer Kunst und seltenen Artefakten, von denen ich einige bereits am Abend der Wohltätigkeitsveranstaltung gesehen hatte.

Colda erhob sich plötzlich mit einem selbstgefälligen Grinsen von seinem Platz und seine Augen strahlten vor lauter Selbstbewusstsein dabei! Irgendwie musste er das Handgemenge draußen gehört haben. Es hat ihn scheinbar nicht überrascht, mich zu sehen.

„Sieh an, sieh an, sieh an", höhnte er voller Arroganz. „Sieh an, wer mir einen Besuch abstattet.

Ich wusste doch, dass du es sein würdest. Der Krüppel kann wohl nicht mit mir mithalten. Was ist los, Mädel? Hast du dich verlaufen?"

Ich spürte einen Anflug von Wut über seine Sticheleien, besonders über Rafael, aber ich erinnerte mich daran, mich zu konzentrieren.

Ich war viel zu weit gekommen, um mich von seinen abwertenden Worten abschrecken zu lassen.

Colda starrte mich mit seinen Augen an, als wäre er ein Raubtier, das sich an seine Beute heranpirscht. Wir umkreisten uns, und meine Entschlossenheit brannte wie ein Feuer.

„Du glaubst, du kannst es mit jemandem wie mir aufnehmen?", lachte er spöttisch. „Du bist nichts weiter als eine kleine Nervensäge. Ein kleines Mädchen, das davon träumt, mit den großen Jungs zu spielen.

Dann zeige ich dir mal, was mit kleinen Mädchen wie dir passiert..." Er war wirklich ein aufgeblasener Bastard!

Colda stürzte sich blitzschnell auf mich und seine Bewegungen waren schnell und kalkuliert.

Es überraschte mich, dass er so in Kampflaune war. Ich wich dem Angriff aus, bis plötzlich der Lufthauch des Todes an mir vorbei glitt und sein Messer meine Schulter aufschlitzte, so dass ein Rinnsal Blut herausfloss.

Das hatte ich nicht kommen sehen.

Wir prallten nun in einem irren Wirbel von Schlägen immer wieder aufeinander.

Er war ein beeindruckender Gegner, dessen Stärke und Erfahrung sich in seinen Bewegungen deutlich zeigte.

Ich ließ eine Reihe von schnellen Schlägen auf seinen Oberkörper und sein Gesicht los, die ihn zum Ausweichen zwangen. Dann griff er mit einem schnellen Tritt an, der mich unvorbereitet traf und mich zu Boden schleuderte, bis der Schmerz durch meinen Körper schoss.

Als er zum finalen Schlag ausholte, rollte ich mich zur Seite und sprang dann mit aller Kraft, die ich noch hatte, nach vorne. Ich ergriff seinen Arm und verdrehte ihn mit aller Wucht! Der Griff um die Waffe in seiner Hand lockerte sich und ich konnte ihn, keuchend vor Schmerz und purem Adrenalin, entwaffnen.

Colda stolperte nun nach hinten. Seine Augen weiteten sich ungläubig. „Du kannst mich nicht besiegen!", keuchte er beinahe verzweifelt.

Doch ich hatte den Sieg bereits in der Tasche! Mit einem letzten Energieschub überwältigte ich ihn mit einem knochenbrechenden Hieb, der mein ganzes Gewicht und meine ganze Kraft in sich trug, und zwang ihn damit zu Boden.

Der benommene Blick in seinem Gesicht machte mich stolz!

Er war am Ende und es gab kein Zurück mehr. Zur Sicherheit trat ich ihm mit meinen Stahlkappenstiefeln in den Magen, sodass er vor Schmerz aufheulte.

Das war Musik in meinen Ohren!

Ich musste ihm aber noch die eine Frage stellen, die mich quälte, bevor ich es beenden wollte. „*Warum?*"

Er sah mich mit ungläubigem Blick an. „Was denn?" Er versuchte, sich aufzusetzen, aber ich trat ihn erneut, um ihn zu ermahnen, unten zu bleiben.

„Warum?" wiederholte ich langsam. „Du hast selbst ein Kind. Warum tust du das den Kindern anderer Leute an? Sie haben auch eine Familie."

„Die spielen keine Rolle!" erwiderte er schlicht. „Es geht nur um das Geschäft", fügte er nach einer kurzen Pause hinzu.

„Du hast mich unterschätzt, Colda", zischte ich gönnerhaft. „Du dachtest, du wärst unantastbar, weil du dich hinter deinem Geld und deinen vermeintlich guten Taten versteckst, aber du hast dich geirrt." Ich schwenkte meine Waffe, die ich in meinem Hosenbund versteckt hatte nun offen vor ihm.

„Meine Anwälte werden dich lebendig begraben, du verdammte Fotze!" geiferte er mich giftig an. „Morgen bin ich wieder draußen und du verrottest in einer verdammten Zelle!"

Er sagte die Wahrheit. Es wäre genau so gekommen, wie er es vorausgesagt hatte...

„Ich wette, meine Waffe wird heute Abend benutzt. Im Gegensatz zu deiner..." Jetzt war ich an der Reihe, ihn zu verspotten, während ich die Waffe in meiner Hand hielt.

Coldra starrte mir entgegen, als ob ich verrückt wäre. Da wurde mir klar, dass er gedacht hatte, ich würde ihn den Behörden ausliefern wollen.

Sein Gesicht wurde aschfahl, als er die Entschlossenheit in meinem sah. Ihm wurde schlagartig klar, dass das nicht passieren würde, und die Angst packte ihn nun total unkontrolliert.

Seine Blase gab tatsächlich nach und schnell bildete sich eine Pfütze vor ihm auf dem Boden!

Ich hatte ja gedacht, es sei nur ein Mythos, dass Menschen in die Hosen machen, wenn sie Angst haben. Er wusste eben, dass es keine Rettung mehr gab!

Ich schüttelte den Kopf. „Du wirst nie das Innere einer Gefängniszelle sehen können. Das weiß ich. Leute wie du niemals!"

„Jetzt warte mal einen Moment. Ich gebe dir..." Er kam jedoch nicht mehr dazu, den Satz zu beenden, denn ich schoss ihm die erste Kugel mitten in den Kopf und sah zu, wie der Rauch aus ihm herausquoll.

Endlich war es vorbei! Colda Crater war tot und konnte niemandem mehr wehtun.

Ich verließ den Raum so lautlos, wie ich ihn betreten hatte.

Als ich sah, wie Rafa auf mich zukam und mir einen Daumen hoch zeigte, war ich euphorisiert.

Er hatte genug gefunden, um Coldra fertig zu machen. Ein weiteres Mal…

# Kapitel 12

Als ich schließlich vor den Überresten von Coldas Hinterlassenschaften stand, überkam mich eine Mischung aus zahllosen verschiedenen Gefühlen. Erleichterung, Genugtuung und auch eine anhaltende Angst drängten sich mitten in mein Herz...

Unsere Suche war erfolgreich gewesen und wir hatten erreicht, was wir uns vorgenommen hatten. Colda war erledigt und mit ihm ein dunkles Kapitel in unserem Leben beendet.

Unsere Mission war es aber noch nicht. Wir machten uns nun auf den Weg zu Coldas Lagerhaus und fuhren mit ganz normaler Geschwindigkeit, um bloß keine Aufmerksamkeit zu erregen.

Aus der Ferne konnte ich nun die Bomben zünden, die ich zuvor an den strategisch wichtigen Punkten im Lager platziert hatte, in der Gewissheit, dass es an diesem Tag keine Lieferungen geben würde.

Die Serie von Explosionen zu beobachten, war irre

befriedigend. Als die Rauchschwaden den Himmel erfüllten, war es fast so, als würde Coldas ganze Bösartigkeit gleich mit von der Erde getilgt worden sein.

Ohne dass wir etwas davon mitbekamen, drehte sich die Welt jedoch weiter. Wir standen nämlich vor einer neuen Herausforderung: *Wie sollten wir der Polizei die Beweise liefern, ohne unsere Identität preiszugeben?*

Am folgenden Morgen hatte sich die Nachricht von Coldas Ableben schnell herumgesprochen. Die Medien waren wie ein Schwarm voller Aasgeier über sein Anwesen hergefallen.

Sie füllten die Zeitungen mit Schlagzeilen und spekulierten, wer eine so prominente Persönlichkeit der Gesellschaft wohl getötet haben könnte.

Die ganze Aufregung wurde nun noch verstärkt, als sie die Nachricht über den Brand des Lagerhauses veröffentlichten. So etwas hatte es in Arelis Springs noch nie zuvor gegeben!

Ganze Fernsehteams durchkämmten die Gegend und befragten jeden, der auch nur den kleinsten Hinweis geben konnte. Coldas Wächter gaben jedoch keinen Kommentar ab und behaupteten, sie hätten nichts und niemanden gesehen.

Auf die Frage nach den blauen Flecken, die deutlich sichtbar waren, konnte niemand eine Erklärung geben, was die mediale Neugierde noch zusätzlich steigerte.

Wir verfolgten diese Ereignisse bequem von zu Hause aus. Der publicitygeile Polizeipräsident schwor, für Gerechtigkeit zu sorgen und die Mörder zu fassen. Colda, so sagte er, sei ein hoch angesehener Mann gewesen, der eine Stütze der Gesellschaft gewesen war.

Inmitten des Chaos wurden wir in einem Zustand der Unruhe gelassen. Das Gewicht unserer Taten lastete auf uns und auch die Angst, erwischt zu werden, schwebte über unseren Köpfen.

Wir konnten die Beweise gegen Coldra also nicht einfach so aushändigen und darüber riskieren, unsere Identität preiszugeben.

Wir hatten nicht in Gänze bedacht, was folgen würde, wenn wir unseren Plan durchziehen. Sie würden ziemlich schnell zwei und zwei zusammenzählen, so nahmen wir an.

Wieder einmal brauchten wir einen Plan und einen Weg, um diese Herausforderung zu bewältigen.

Es gab eine Person, von der ich wusste, dass wir ihr vertrauen konnten. Und zwar jener Polizist, der für Ramonas Fall zuständig war, als sie entführt wurde!

Detective Simmons hatte ein Gespür dafür, wer wir waren, kannte unsere Beweggründe und auch jene Umstände, die uns auf diesen Pfad geführt hatten.

Er war ein integrer Mann, der die fließenden Grenzen zwischen Gerechtigkeit und Rache nur zu gut verstand.

Obwohl er unser Handeln nicht gutheißen konnte, erkannte er die moralische Berechtigung unserer Sache an.

Das hatte er mir schon im Krankenhaus gesagt, während Ramona sich erholte. Er gestand damals, dass ihm manchmal die Hände gebunden waren und die Schuldigen oft davonkamen.

Da er der Einzige war, den wir in dem Labyrinth der Strafverfolgungsbehörden kannten, nahmen wir über einen verschlüsselten Kanal Kontakt zu ihm auf.

In der Nachricht schilderten wir unser Wissen über Coldras geheime Unterwelt. Wir erwähnten, wo wir die Beweise hinterlassen hatten und wie er sie finden konnte.

Wir wussten zwar, dass es ein Risiko bedeutete, aber wir hofften, dass sein Sinn für Gerechtigkeit am Ende siegen würde.

Tage wurden schließlich zu Wochen, und wir hörten nichts. Die Aufregung um den Fall war groß, und sie hetzten alles und jeden auf.

Wir bezweifelten also, dass unsere Nachricht sein Ziel erreicht hatte, oder schlimmer noch, dass die falsche Person sie erhalten und dann hatte verschwinden lassen.

As wir endlich eine verschlüsselte Antwort erhielten, waren wir mehr als nur erfreut. Der Detective bestätigte unsere Nachricht!

Ohne unsere Namen zu erwähnen, gab er zu verstehen, dass er wusste, wer wir waren.

Die Beweise, die wir ihm gegeben hatten, stimmten zu sehr mit den Details überein, die er bei seinen Ermittlungen selbst schon aufgedeckt hatte.

Während der Medienrummel noch in vollem Gange war, ließ Detective Simmons diskret die Informationen über Colda durchsickern.

Er lancierte sie strategisch in der Öffentlichkeit und stellte so sicher, dass die Wahrheit irgendwann so richtig ans Licht kommen würde.

Als dies dann geschah, verlagerte sich der Fokus der Welt von der Suche nach dem oder den Mördern auf die schockierende Enthüllung von Coldras Doppelleben.

Die Menschen, die mit ihm zu tun gehabt hatten, verloren keine Zeit, sich zu distanzieren und behaupteten, nichts von seinen abscheulichen Taten gewusst zu haben.

Sie stellten sich selbst als unschuldige Opfer seiner Verbechen dar und waren nur noch darauf bedacht, ihren eigenen Ruf zu wahren.

Doch das war ein schwacher Versuch, den Rest ihrer zerrütteten Glaubwürdigkeit zu retten.

Eine Untersuchung seiner Kinderhilfsorganisation wurde eingeleitet und als die hässliche Wahrheit ans Licht kam, dass er sie als Fassade für den Menschenhandel benutzt hatte, schlug die Trauer über seinen Tod in Verachtung um.

Im Kielwasser der Enthüllungen trat die Dringlichkeit, Coldras Mörder zu finden, in den Hintergrund.

Die Welt wollte ihn nun nur noch vergessen und den dunklen Schandfleck, den er hinterlassen hatte, hinter sich lassen.

Die Menschen wollten, dass Arelis Springs ein beliebtes Paradies für die Wohlhabenden bleiben konnte.

Als die Aufmerksamkeit der Medien nachließ, verflüchtigten sich unsere Ängste und wurden durch einen neuen Hoffnungsschimmer ersetzt, dass wir endlich Glück finden würden.

Die Zeit verging und mit jedem Tag, der verging, kamen wir der abschließenden Gewissheit ein weiteres Stück näher.

Die polizeilichen Ermittlungen gerieten in Sackgassen und schlugen verschiedene Richtungen ein.

Alles, was auf uns hätte hindeuten können, ging im Grundrauschen unter und hinterließ keine Spuren unserer Beteiligung.

Das Leben kehrte endlich allmählich zu einem Anschein von Normalität zurück.

Der makellose Glanz, der einst sein unberührtes Leben umgab, verblasste und wurde durch das Getuschel über Coldras böse Taten ersetzt.

Wir wurden zu namenlosen Geistern, die für Gerechtigkeit gesorgt hatten, aber nie vollständig gewürdigt werden konnten, was wir auch aber auch gar nicht wollten.

Die Narben der Erinnerung würden immer an Ramona haften, aber sie weigerte sich, sich von ihnen bestimmen zu lassen.

Gemeinsam stellten wir uns der Welt mit unerschütterlicher Entschlossenheit, denn wir wussten, dass wir getan hatten, was notwendig war.

Wir waren gemeinsam einen tückischen Weg gegangen und hatten den schmalen Grat zwischen Recht und Unrecht überwunden. Niemand wird je verstehen, welche Opfer wir für die Gerechtigkeit gebracht haben.

Wir hatten Ramonas Vater und Lilly Geheimnisse vorenthalten und konnten nicht so viel Zeit mit ihnen verbringen, ohne ihr Leben zu gefährden.

Mit der Zeit konnten wir uns endlich damit trösten, dass wir aus dem Schatten getreten waren und Coldras Vermächtnis hinter uns gelassen hatten.

Wir waren mit uns im Reinen und das ganz im Lichte

eines normalen Lebens. Das Echo unserer Vergangenheit würde uns wohl für immer an jene Dunkelheit erinnern, die wir einst erlebt hatten...

*...aber wir waren endlich bereit, ein neues Kapitel unseres Lebens zu beginnen.*

# Epilog

Die warmen Sonnenstrahlen fielen durch die Fenster unseres gemütlichen Hauses und warfen einen sanften Schein auf das Leben, das wir gemeinsam aufgebaut hatten.

Ramona und ich hatten in der Umgebung eines ruhigen Viertels Trost gefunden, wie auch ein zweistöckiges Haus in der Nähe des Ortes, den sie einst ihr Zuhause genannt hatte.

Hier, inmitten der tröstlichen Vertrautheit ihrer Wurzeln, hatten wir einen Neuanfang gewagt.

Ramona blühte in ihrer Karriere als Architektin auf - und das blieb auch ihr einziger Job - keine Nebenbeschäftigung mehr! Ihre Leidenschaft für die Gestaltung von Räumen ging nahtlos mit ihrem Wunsch einher, etwas Positives zu bewirken.

Ramonas Tage sind nun erfüllt von Kreativität und Zielstrebigkeit, während sie ihre architektonischen Visionen zum Leben erweckt.

Wir haben mit unseren Gebäuden bezahlbaren Wohnraum geschaffen. Viele unserer Nachbarn hier waren dort Nachbarn gewesen und konnten sich endlich einen Teil ihres Traums erfüllen - selbst Wohneigentum zu besitzen.

Ramonas Talent und ihr Engagement ließen jedes Projekt aufblühen und ich unterstützte sie als Bauleiter, um ihre Pläne zum Leben zu erwecken.

Wir haben sogar ein Team von Mitarbeitern eingestellt und dafür gesorgt, dass sie für ihre Dienste fair und gerecht bezahlt wurden.

Und unser eigenes Haus hat sich in eine Oase der Liebe und Wärme verwandelt! Ramonas Vater und Lilly zogen bei uns ein, sofort nachdem wir es gekauft hatten.

Ihre Anwesenheit war eine ständige Erinnerung an all die Stärke und Widerstandsfähigkeit unserer Familie.

Wir waren zu einer eingeschworenen Einheit zusammengewachsen, die durch bedingungslose Liebe miteinander verbunden war.

Während wir uns in der Freude des Glücks sonnten, vervollständigte neuer Zuwachs unsere Familie.

Unser kleiner Junge, der mit seinen winzigen Fingern nach der Welt um ihn herum griff, wurde für uns alle eine weitere ständige Quelle der Erheiterung.

Seine Ankunft im Leben erinnerte uns an die Kostbarkeit des Lebens an sich und an die damit einhergehende Pflicht, jene Menschen, die uns wichtig sind, zu beschützen und gut zu behändeln. Ich blieb vielleicht von meiner Schwester getrennt, aber in meinem Herzen war sie niemals wirklich weg und ihre Präsenz blieb fortan jederzeit spürbar.

Lilly, die inzwischen zu einer temperamentvollen

jungen Dame von 14 Jahren erblüht ist, war hocherfreut, die Rolle der großen Schwester zu übernehmen.

Mit über zehn Jahren Wissen und Weisheit war sie fest entschlossen, all das mit ihrem jüngeren Bruder zu teilen, und sie sorgte dafür, dass jeder sie hören konnte.

Lillys ansteckendes Lachen bereichert unser aller Leben und vertrieb die Schatten der vergangenen Tortur, die mit jedem Tag mehr verblassten.

Die Erinnerungen an unsere Zeit als Sicarios weichen immer mehr zurück und werden durch die Schönheit und vor allem die Ruhe, die uns umgibt, immer weiter in die hintersten Winkel unseres Gedächtnisses zurückgedrängt.

Wir haben uns für einen anderen Weg entschieden, einen, der es uns ermöglichte, unser Leben neu aufzubauen und gleichzeitig einen positiven Einfluss auf die Welt zu nehmen.

Doch wir sind nicht naiv. Wir wussten stets, dass wir unsere Familie mit aller Kraft verteidigen würden müssen, sollte es jemand wagen, die Unantastbarkeit unseres neu gefundenen Glücks zu bedrohen.

Die Fähigkeiten und Instinkte, die wir in unseren früheren Leben geschärft hatten, wirkten wie eine stille Kraft, die im Bedarfsfall wiedererweckt werden konnte. Wir haben unsere Garage in ein Fitnessstudio verwandelt, das an das alte Haus erinnert, in dem Ramona und ich einst gelebt hatten.

Wir trainieren immer noch regelmäßig.

Und das Haus am Rande der Stadt? Wir hatten es zu einem unglaublich günstigen Preis erworben.

Die Besitzer wollten es unbedingt so schnell wie möglich loswerden. Es ist unser heimliches Liebesnest geworden und wir haben in jedem Zimmer des großen Hauses verdorbenen Spaß gehabt.

Mein Lieblingsort ist nach wie vor das Badezimmer, in dem wir das erste Mal Sex hatten.

Ramona neckt mich auch heute immer noch damit, dass ich den ersten Schritt machen muss, und ich lächle allein bei der Erinnerung daran.

Dort üben wir immer noch Zielschießen und andere Aktivitäten, die unsere Familie nicht mitbekommen soll. *Nur für den Fall der Fälle...*

Und als die Sonne im Horizont versank, küsste ich Ramonas Hals und wir genießen seither die Anmut unseres Familienlebens...

* * *

RAMONA

* * *

Wenn ich über all das so nachdenke, was mich zu diesem Moment gebracht hat, bin ich überwältigt von Dankbarkeit für mein jetziges Leben.

Ich habe die Rolle der Mutter mit ganzem Herzen angenommen und Lilly unendliche Liebe gegeben.

Sie ist in jeder Hinsicht mein kleines Mädchen und ich genieße jeden Moment, den wir miteinander verbringen dürfen.

Die Freude in unserem Haus hat sich mit unserem neuen Baby aber noch vervielfacht, diesem unbezahlbaren Bündel voller Unschuld und dem Wunder des Lebens.

Ihn in meinen Armen zu halten, erfüllt mein Herz mit einer unbeschreiblichen Liebe und Bestimmung.

Jedes kleine Lächeln ist eine Erinnerung an die Schönheit und die Wunder des Lebens.

Mein Vater ist überglücklich, wieder Großvater zu sein, vor allem, weil Lilly jetzt ein bisschen zu alt ist, um so viel mit ihm herumzuhängen wie früher.

Unser Hochzeitstag wurde ein Fest der Liebe und Verbundenheit, eine kleine Feier im Kreise von Nachbarn, engen Freunden und denen, die wie eine Familie geworden waren.

Mein Vater hatte geweint, als er mich an Rafael übergab. Ich wusste, dass er an meine Mutter dachte und sich wünschte, sie hätte bei uns sein können.

Die Jungs aus dem alten Gym standen an unserer Seite, sogar Mace, der mir längst verziehen hatte, dass ich ihm bei unserem ersten Treffen in den Hintern getreten hatte.

Manny, der Besitzer, gesellte sich ebenfalls zu uns und sein warmes Lächeln strahlte die Unterstützung und Akzeptanz aus, die wir in unserer ganzen Gemeinschaft gefunden hatten.

Rainn, mein Arbeitsmentor, hatte sogar ein Tränchen vergossen, als ich zum Altar schritt, auch wenn er es später abstreiten wollte.

Er ist übrigens Partner in unserer neu gegründeten Firma geworden, die bezahlbaren Wohnraum baut.

Und jetzt, wo das Leben uns weiterhin segnet, habe ich gerade erfahren, dass ich wieder schwanger bin.

Die Nachricht erfüllt mich mit einer Mischung aus Aufregung und Vorfreude, während ich mich darauf vorbereite, diese tolle Überraschung mit Rafael zu teilen.

Unsere Familie wächst also und mit jedem neuen Leben, das in unserer Welt Einzug hält, wird unser Herz größer, um die grenzenlose Liebe aufzunehmen, die wir zu geben haben.

Ich bin mir des Zwiespalts, der in mir herrscht, sehr bewusst. Ich bin zwar kein Sicario mehr, aber die Schatten unserer Vergangenheit können nie ganz ausgelöscht werden. Das ist die einfache Wahrheit!

Wir haben Frieden aber gefunden, doch wir bleiben wachsam und bereit, unsere Familie oder die Hilflosen mit einer Grausamkeit zu schützen, die nur diejenigen verstehen können, welche die Finsternis selbst miterlebt haben.

Der Weg, den ich gegangen bin, hat mir Demut gelehrt und mich dankbar gemacht. Meine Widerstandsfähigkeit und Stärke haben mich dahin gebracht, wo ich heute bin.

Es gibt kein Bedauern. Wenn ich eine weitere Chance bekäme, würde ich genauso handeln.

Und wenn ich in die Zukunft blicke, bin ich voller Hoffnung und voller Sinnhaftigkeit. Ich nehme die Segnungen aktiv an, welche mir das Leben geschenkt hat, und schätze die Liebe meiner Familie und Freunde. Meine Wut auf die Welt hat sich verflüchtigt.

Wenn ich meine Familie jetzt so betrachte, kann ich nicht aufhören, vor Stolz zu strahlen. Sie sind mein ein und alles!

Ich bin Mutter, Ehefrau und auch eine Frau, die das Positive begrüßt und alle Chancen ergreift, die sich mir bieten.

# Vielen Dank

Ich danke dir für deinen Kauf meines Buches, ich weiß das wirklich zu schätzen! Du hast mir den Tag versüßt!

Falls dir das Buch gefallen hat, kannst du dort, wo du es erworben hast, eine Rezension hinterlassen. Rezensionen sind wichtig für Indie-Autoren wie mich, die keine großen Verlage hinter sich haben.

Bitte halte einfach Ausschau nach dem Link *BEWERTUNG HINTERLASSEN*! Deine Rezension hilft mir dabei, auch andere auf dieses Buch aufmerksam zu machen, denen es ebenso Freude bereiten könnte.

Immer, wenn ich all die lieben Rezensionen lese, freut mich das und spornt mich an, noch besser zu werden. Bitte lass mich wissen, was dir an diesem Buch am besten gefallen hat!

Einige meiner Bücher sind jetzt auch als Hörbücher über meine Website erhältlich, ebenso wie die komplette Milliardärs-Serie! Melde dich einfach über die Website für meinen Newsletter an, um über alle Neuerscheinungen und Extras auf dem Laufenden zu bleiben!

. . .

Ich danke dir!

. . .

**Zuri**

Ich bin das typische Klischee einer unabhängigen Frau! Ein glücklicher, zuverlässiger und temperamentvoller Workaholic mit einem Leben, das meine Freundinnen vielleicht langweilig nennen würden, aber wer braucht schon einen Mann, wenn man einen erfüllenden Job als Krankenschwester in der Notaufnahme hat? Zuerst muss ich meine beträchtlichen Kredite aber einmal loswerden. Dann, und nur dann, kann ich mich vielleicht auf die Liebe konzentrieren. Alle rationalen Gedanken verlassen mich jedoch schlagartig, als ich den geheimnisvollen blinden Mann antreffe, der in meiner Obhut landet, und ich eine leichtsinnige Entscheidung treffe. Wird es das wert sein?

**Kent**

Ich war ein glücklicher Junggeselle, der gerade eine große Fusion abgeschlossen hatte und sich auf dem Heimweg befand, als mich ein schrecklicher Unfall in die Notaufnahme beförderte. Ich wache verwirrt und in völliger Dunkelheit auf. Vorübergehende Blindheit sagen die, aber stimmt das auch? Mein Schutzengel, diese Krankenschwester, bereitete mir schon bei der ersten Berührung weiche Knie und ich bin unsterblich in sie verliebt. Ich muss sie für mich gewinnen, denn sie bedeutet mir mehr als all meine Milliarden.

Alle sind sich einig über diese gegensätzliche Beziehung, Freunde und Familie zugleich.

Ist die Liebe wirklich so blind, wie man sagt, und

besiegt tatsächlich alles andere? Oder wird diese Magie so vorübergehend sein wie vorübergehende Blindheit?

***Wenn du auf Geschichten über zimtartige Helden, Milliardäre und dralle Frauen stehst, dann ist dieses Buch genau das Richtige für dich.***

https://vestaromero.com/product/der-erblindete-miiliardar/

Heißer Skilehrer trifft Citygirl. Können diese beiden gegensätzlichen Menschen die Liebe finden und es zusammen schaffen?

Cam:

Es sollte eigentlich nur ein weiterer langweiliger Tag auf der Anfängerpiste werden, bis diese kurvenreiche und extrem heiße Frau gerade rechtzeitig auftauchte, um mein

Leben auf den Kopf zu stellen. Krankenpfleger zu spielen hat sich noch nie so gut angefühlt!

Misty:

Im Herzen bin ich ein Stadtmädchen, ein Fisch außerhalb des Wassers in diesem Resort hier. Ich habe nur auf Drängen meiner besten Freundin zugestimmt, hierher zu kommen. Jetzt kann sie nicht kommen und ich sitze fest. Alles, was ich will, sind die kostenlosen Annehmlichkeiten, die es in der Suite zu genießen gibt. Eine impulsive Entscheidung, mit dem heißen Skilehrer eine Skistunde zu nehmen, lässt mich schließlich auf dem Hintern landen und alles in Frage stellen, woran ich je geglaubt hatte...

https://vestaromero.com/product/die-liebe-und-der-skilehrer/

# Eine stürmische Romanze mit Altersunterschied und drallen Rundungen

Hat sie Angst vor der Liebe? Oder schämt sie sich nur, *ihn* zu lieben?

**Casey**:

Als Milliardärin, eine der wenigen, die es ganz nach oben geschafft haben, verbringe ich meine Zeit damit, mein Imperium zu vergrößern. Die Liebe ist dabei so lange auf der Strecke geblieben, dass ich schon Rost angestzt habe. Wegen eines Triebwerkschadens an meinem Privatjet musste ich schließlich unerwartet einen Linienflug nehmen - ganz so, wie jeder andere auch. Und an Bord habe ich *ihn* kennengelernt. Jung, heiß und sexy! Meine weiblichen Triebe sind ihm hoffnungslos erlegen. Und mein Herz? Ein einziges, heißes Durcheinander...

**Tyler**:

Als Ersatz für einen anderen Rancher wurde ich kurzfristig für einen Trip nach London auserwählt. Allein bei der Erwähnung der Erste-Klasse-Tickets gab es für mich kein Halten mehr! Und die Frauen? Zweifellos finden sie mich attraktiv, aber ich bin kein Playboy. Diese eine zufällige Begegnung mit einer drallen und erotischen Dame hat ohnehin alle anderen aus meinen Gedanken verbannt. Ich weiß genau, wie ich für sie fühle, und der Altersunterschied macht keinen Unterschied für mich. Doch *sie* ist die Einzige, die diese Frage nach unserer Zukunft beantworten kann.

Falls du auf Geschichten über Reichtum, Alters- und Klassenunterschiede, sowie sexy Cowboys stehst, dann ist dieses Buch genau das Richtige für dich! Garantiert mit Happy End!

https://vestaromero.com/product/der-hengst-der-milli ardarin/

In einer Welt voller Hollywood-Glamour und glitzernder Träume wird die ganz persönliche Reise einer drallen Drehbuchautorin zur Liebe dich in wahre Ohnmacht fallen lassen. Während sie sich durch das Chaos des Filmgeschäfts kämpft, ahnt sie nicht, dass die Hauptrolle ihres Herzens von einem unerwarteten, charmanten Statisten übernommen wird.

Die Funken fliegen am Set und die beiden verlieben

sich schneller ineinander, als sie es sich in Hollywood je hätten ausdenken können. Aber als die Wahrheit hinter der Identität ihres Traummannes aufgedeckt wird, fühlt sie sich nur noch wie ein Spielball in einem Milliarden-Dollar-Spiel.

Es folgt eine Achterbahnfahrt der Gefühle, bei der die Liebe über alle Grenzen hinausgeht und das gegenseitige Vertrauen neu geboren wird. Serena, die Heldin, und ihr milliardenschwerer Filmproduzent finden ihren Weg zurück zur Liebe unter den gleißenden Lichtern Hollywoods – Drama, Leidenschaft und Erlösung warten Hülle und Fülle!

Diese glühend heiße und knisternde Romanze widersetzt sich allen Klischees und beweist, dass Liebe keine Grenzen kennt und dass ‚drall‘ gleichbedeutend mit betörender Schönheit ist. Verpasse also nicht diese feurige Romanze, in der sich Chaos und Zufall zu einem Hollywood-Ende vereinen, auf das es sich zu warten lohnt!

https://vestaromero.com/product/die-liebe-und-die-drehbuchautorin-ebook/

# Über die Autorin

Vesta Romero schreibt Liebesgeschichten über kurvige Frauen und jene Männer, die sie lieben.

Sie lebt mit ihrem Mann und ihrem in Texas geborenen Hund in Spanien. Wenn sie nicht gerade schlüpfrige Bücher schreibt, genießt sie Margaritas und Actionfilme. Sie würde sich freuen, von ihren Leserinnen und Lesern zu hören! Du kannst sie auf Tik-Tok, Twitter oder Instagram erreichen.

Wenn du über Neuerscheinungen und Sonderangebote auf dem Laufenden bleiben willst, melde dich doch einfach über ihre Website für ihren Newsletter an!

**Vesta Romero**

Einfach mit deinem Smartphone scannen!

Vestas Geschichten sind kurz, heiß, stürmisch und mit garantiertem Happy-End ausgestattet!